16	3	2	13
5	10	11	8
9	6	7	12
4	15	14	1

Sófocles

AS TRAQUÍNIAS

Edição bilíngue

Tradução, posfácio e notas de Trajano Vieira

Ensaio de Patricia E. Easterling

editora■34

EDITORA 34

Editora 34 Ltda.
Rua Hungria, 592 Jardim Europa CEP 01455-000
São Paulo - SP Brasil Tel/Fax (11) 3811-6777 www.editora34.com.br

Copyright © Editora 34 Ltda., 2014
Tradução, posfácio e notas © Trajano Vieira, 2014
Patricia E. Easterling, "Introduction — 1. The Play",
em *Sophocles — Trachiniae*, P. E. Easterling (org.), pp. 1-12
© Cambridge University Press, 1982, traduzido com permissão

A FOTOCÓPIA DE QUALQUER FOLHA DESTE LIVRO É ILEGAL E CONFIGURA UMA
APROPRIAÇÃO INDEVIDA DOS DIREITOS INTELECTUAIS E PATRIMONIAIS DO AUTOR.

Título original:
Τραχίνιαι

Capa, projeto gráfico e editoração eletrônica:
Bracher & Malta Produção Gráfica

Revisão:
Cide Piquet

1ª Edição - 2014 (2ª Reimpressão - 2022)

CIP - Brasil. Catalogação-na-Fonte
(Sindicato Nacional dos Editores de Livros, RJ, Brasil)

Sófocles, 496-406 a.C.
S664t   As Traquínias / Sófocles; edição bilíngue;
tradução, posfácio e notas de Trajano Vieira;
ensaio de Patricia E. Easterling — São Paulo:
Editora 34, 2014 (1ª Edição).
168 p.

ISBN 978-85-7326-548-4

Texto bilíngue, português e grego

1. Teatro grego (Tragédia). I. Vieira,
Trajano. II. Easterling, Patricia Elizabeth.
III. Título.

CDD - 882

AS TRAQUÍNIAS

Argumento 9

Τὰ τοῦ δράματος πρόσωπα 10
Personagens 11

Τραχίνιαι 12
As Traquínias 13

Posfácio do tradutor 129
Métrica e critérios de tradução 137
Sobre o autor 139
Sugestões bibliográficas 141
Excertos da crítica 143

"Introdução às *Traquínias*",
    Patricia E. Easterling 149

Sobre o tradutor 165

"The *Trachiniae* presents the highest peak of Greek sensibility registered in any of the plays that have come down to us, and is, at the same time, nearest the original form of the God-Dance."

Ezra Pound

"Plurielles, les paroles de traduction s'organisent, elles ne se dispersent pas n'importe comment. Elles se désorganisent aussi par l'effet même du spectre, à cause de la Cause qu'on appelle l'original et qui, comme tous les fantômes, adresse des demandes plus que contradictoires, mêmement disparates."

Jacques Derrida

Argumento

O drama se estrutura em torno da volta ao lar de Héracles. Depois de concluir os doze trabalhos, o herói continua a viajar pela Grécia, realizando novas façanhas. Sua esposa Dejanira e o filho Hilo vivem na cidade de Tráquis, e raramente têm notícias do paradeiro do chefe da família. Chega então uma comitiva à cidade, liderada por Licas, a fim de anunciar o regresso do herói a seu lar, e da qual faz parte um grupo de escravas aprisionadas durante o ataque de Héracles e seus homens à Ecália. Entre elas há uma bela jovem, cuja verdadeira identidade é inicialmente omitida pelo arauto. Dejanira é logo informada de que a jovem não é escrava, como se alardeara, mas Iole, filha do rei da Ecália e amante de Héracles. Inicia-se então a tragédia, pontuada pelo coro das Traquínias, as mulheres da cidade.

Τὰ τοῦ δράματος πρόσωπα

ΔΗΙΑΝΕΙΡΑ

ΤΡΟΦΟΣ

ΥΛΛΟΣ

ΧΟΡΟΣ

ΑΓΓΕΛΟΣ

ΛΙΧΑΣ

ΙΟΛΗ

ΠΡΕΣΒΥΣ

ΗΡΑΚΛΗΣ

Personagens

DEJANIRA, esposa de Héracles

NUTRIZ

HILO, filho de Héracles e Dejanira

CORO das Traquínias

MENSAGEIRO

LICAS, arauto de Héracles

IOLE, filha de Êurito, rei da Ecália

VELHO

HÉRACLES

Τραχίνιαι

ΔΗΙΑΝΕΙΡΑ

Λόγος μέν ἐστ' ἀρχαῖος ἀνθρώπων φανεὶς
ὡς οὐκ ἂν αἰῶν' ἐκμάθοις βροτῶν, πρὶν ἂν
θάνῃ τις, οὔτ' εἰ χρηστὸς οὔτ' εἴ τῳ κακός·
ἐγὼ δὲ τὸν ἐμόν, καὶ πρὶν εἰς Ἅιδου μολεῖν,
ἔξοιδ' ἔχουσα δυστυχῆ τε καὶ βαρύν,   5
ἥτις πατρὸς μὲν ἐν δόμοισιν Οἰνέως
ναίουσ' <ἔτ'> ἐν Πλευρῶνι νυμφείων ὄκνον
ἄλγιστον ἔσχον, εἴ τις Αἰτωλὶς γυνή.
Μνηστὴρ γὰρ ἦν μοι ποταμός, Ἀχελῷον λέγω,
ὅς μ' ἐν τρισὶν μορφαῖσιν ἐξῄτει πατρός,   10
φοιτῶν ἐναργὴς ταῦρος, ἄλλοτ' αἰόλος
δράκων ἑλικτός, ἄλλοτ' ἀνδρείῳ τύπῳ
βούκρανος, ἐκ δὲ δασκίου γενειάδος
κρουνοὶ διερραίνοντο κρηναίου ποτοῦ.
Τοιόνδ' ἐγὼ μνηστῆρα προσδεδεγμένη   15
δύστηνος αἰεὶ κατθανεῖν ἐπηυχόμην,

---

* Texto grego estabelecido a partir de *Sófocles — Tragedias: Las Traquinias*, introdução, tradução e notas de Ignacio Errandonea, texto revisado por Jesús Gándara, Barcelona, Alma Mater, 1968, e *Sophocles — The Women of Trachis*, edição e tradução de Hugh Lloyd-Jones, Cambridge, Harvard University Press, 1994, Loeb Classical Library.

As Traquínias

[Cena diante da casa em Tráquis onde Héracles se exilou.
Entra Dejanira seguida pela nutriz]

DEJANIRA
Reza o bordão antigo: até que *aiôn*
— o tempo do viver — termine, não
sabemos se foi má ou boa a sina,
exceção feita a mim, a quem é claro
o azar aziago antes de ir ao Hades.   5
Na casa de meu pai Eneu em Plêuron,
a dor das núpcias desbordou, inédita
entre as etólias jovens. Aqueloo,
um rio, triformemente me assediava,
solicitando-me a Eneu: surgia   10
à luz taurino, serpe furta-cor
torcicoleante, corpo masculino
bucrânio. A barba basta hidrojorrava
estrias dissipáveis. À mercê
de um pretendente assim, o afã da morte   15
me torturava: fora preferível

πρὶν τῆσδε κοίτης ἐμπελασθῆναί ποτε.
Χρόνῳ δ' ἐν ὑστέρῳ μέν, ἀσμένη δέ μοι,
ὁ κλεινὸς ἦλθε Ζηνὸς Ἀλκμήνης τε παῖς,
ὃς εἰς ἀγῶνα τῷδε συμπεσὼν μάχης   20
ἐκλύεταί με· καὶ τρόπον μὲν ἂν πόνων
οὐκ ἂν διείποιμ', οὐ γὰρ οἶδ', ἀλλ' ὅστις ἦν
θακῶν ἀταρβὴς τῆς θέας, ὅδ' ἂν λέγοι·
ἐγὼ γὰρ ἥμην ἐκπεπληγμένη φόβῳ
μή μοι τὸ κάλλος ἄλγος ἐξεύροι ποτέ.   25
Τέλος δ' ἔθηκε Ζεὺς Ἀγώνιος καλῶς,
εἰ δὴ καλῶς· λέχος γὰρ Ἡρακλεῖ κριτὸν
ξυστᾶσ' ἀεί τιν' ἐκ φόβου φόβον τρέφω,
κείνου προκηραίνουσα· νὺξ γὰρ εἰσάγει
καὶ νὺξ ἀπωθεῖ διαδεδεγμένη πόνον.   30
Κἀφύσαμεν δὴ παῖδας, οὓς κεῖνός ποτε,
γῄτης ὅπως ἄρουραν ἔκτοπον λαβών,
σπείρων μόνον προσεῖδε κἀξαμῶν ἅπαξ·
τοιοῦτος αἰὼν εἰς δόμους τε κἀκ δόμων
ἀεὶ τὸν ἄνδρ' ἔπεμπε λατρεύοντά τῳ.   35
Νῦν δ' ἡνίκ' ἄθλων τῶνδ' ὑπερτελὴς ἔφυ,
ἐνταῦθα δὴ μάλιστα ταρβήσασ' ἔχω.
Ἐξ οὗ γὰρ ἔκτα κεῖνος Ἰφίτου βίαν,
ἡμεῖς μὲν ἐν Τραχῖνι τῇδ' ἀνάστατοι
ξένῳ παρ' ἀνδρὶ ναίομεν, κεῖνος δ' ὅπου   40
βέβηκεν οὐδεὶς οἶδε, πλὴν ἐμοὶ πικρὰς
ὠδῖνας αὑτοῦ προσβαλὼν ἀποίχεται.
Σχεδὸν δ' ἐπίσταμαί τι πῆμ' ἔχοντά νιν·
χρόνον γὰρ οὐχὶ βαιόν, ἀλλ' ἤδη δέκα
μῆνας πρὸς ἄλλοις πέντ' ἀκήρυκτος μένει.   45
Κἄστιν τι δεινὸν πῆμα· τοιαύτην ἐμοὶ
δέλτον λιπὼν ἔστειχε, τὴν ἐγὼ θαμὰ
θεοῖς ἀρῶμαι πημονῆς ἄτερ λαβεῖν.

o fim precoce a frequentar seu tálamo.
Mas antes tarde do que nunca. Quando
o filho ilustre do Cronida e Alcmena,
dobrando o ser, me libertou, sorri.   20
Não tenho condições de relatar
minúcias dessa rixa, cujo encargo
relego a quem a vislumbrou intrêmulo.
Me apavorou a hipótese de a dor
advir de eu possuir beleza em mim,   25
mas Zeus Agônico encontrou desfecho
alvíssaro. Alvíssaro? Com Héracles
casei-me e, desde então, do medo o medo
emerge, em noites me anoiteço, tensa
por ele, em sucessivos pesadelos.   30
Semeador longínquo, que ara e torna
ao lar depois que ceifa a seara, era
como Héracles revia a prole. *Aiôn*,
o ritmo da vivência, me trazia
alguém, que atento ao múnus, já partia.   35
Mas é agora, ao fim da agenda obreira,
que a agrura se me agrava sem cessar.
Um estrangeiro em Tráquis acolheu-nos,
depois de meu marido assassinar
quem causou nosso exílio, o rude Ífito.   40
Ninguém conhece o paradeiro de Héracles,
que me legou horrores que revolvo.
Algo me diz que a situação é grave,
passados quinze meses desde a última
notícia, o que está longe de ser pouco,   45
considerando o que ele me deixou
escrito numa tabuleta, ao ir.
Um nume não me arruíne por trazê-la!

ΤΡΟΦΟΣ

Δέσποινα Δηάνειρα, πολλὰ μέν σ' ἐγὼ
κατεῖδον ἤδη πανδάκρυτ' ὀδύρματα   50
τὴν Ἡράκλειον ἔξοδον γοωμένην·
νῦν δ', εἰ δίκαιον τοὺς ἐλευθέρους φρενοῦν
γνώμαισι δούλαις, κἀμὲ χρὴ φράσαι τόσον·
πῶς παισὶ μὲν τοσοῖσδε πληθύεις, ἀτὰρ
ἀνδρὸς κατὰ ζήτησιν οὐ πέμπεις τινά,   55
μάλιστα δ' ὅνπερ εἰκὸς ῞Υλλον, εἰ πατρὸς
νέμοι τιν' ὥραν τοῦ καλῶς πράσσειν δοκεῖν;
Ἐγγὺς δ' ὅδ' αὐτὸς ἀρτίπους θρῴσκει δόμους,
ὥστ', εἴ τί σοι πρὸς καιρὸν ἐννέπειν δοκῶ,
πάρεστι χρῆσθαι τἀνδρὶ τοῖς τ' ἐμοῖς λόγοις.   60

ΔΗΙΑΝΕΙΡΑ

῍Ω τέκνον, ὦ παῖ, κἀξ ἀγεννήτων ἄρα
μῦθοι καλῶς πίπτουσιν· ἥδε γὰρ γυνὴ
δούλη μέν, εἴρηκεν δ' ἐλεύθερον λόγον.

ΥΛΛΟΣ

Ποῖον; δίδαξον, μῆτερ, εἰ διδακτά μοι.

ΔΗΙΑΝΕΙΡΑ

Σὲ πατρὸς οὕτω δαρὸν ἐξενωμένου   65
τὸ μὴ πυθέσθαι ποῦ 'στιν αἰσχύνην φέρει.

ΥΛΛΟΣ

Ἀλλ' οἶδα, μύθοις εἴ τι πιστεύειν χρεών.

ΔΗΙΑΝΕΙΡΑ

Καὶ ποῦ κλύεις νιν, τέκνον, ἱδρῦσθαι χθονός;

NUTRIZ

Ignoro quantas vezes presenciei
a falta plenilacrimal do esposo.   50
Se se permite à ancila incomodar
com elocubrações a dama livre,
arrisco intrometer-me em tua vida:
provida de prolífica progênie,
por que não mandas um dos filhos ir   55
atrás do pai no exílio? Penso em Hilo,
se é que o sensibiliza sua sina.
Ei-lo! *Kairós*: momento mais propício!
Se não pronunciei um desatino,
teu filho e minha fala te auxiliem!   60

   [Entra Hilo]

DEJANIRA

Há percuciência, filho, nos conselhos
que até os malnatos nos transmitem: a ama
soube encontrar palavras de ente livre.

HILO

Faze-me compreender, se compreensíveis!

DEJANIRA

A ti mesmo maculas se não buscas   65
saber em que local teu pai se exila.

HILO

Pois eu já sei, se em boato se confia.

DEJANIRA

Pelo que ouviste, filho, onde ele habita?

ΥΛΛΟΣ

Τὸν μὲν παρελθόντ' ἄροτον ἐν μήκει χρόνου
Λυδῇ γυναικί φασί νιν λάτριν πονεῖν.   70

ΔΗΙΑΝΕΙΡΑ

Πᾶν τοίνυν, εἰ καὶ τοῦτ' ἔτλη, κλύοι τις ἄν.

ΥΛΛΟΣ

Ἀλλ' ἐξαφεῖται τοῦδέ γ', ὡς ἐγὼ κλύω.

ΔΗΙΑΝΕΙΡΑ

Ποῦ δῆτα νῦν ζῶν ἢ θανὼν ἀγγέλλεται;

ΥΛΛΟΣ

Εὐβοῖδα χώραν φασίν, Εὐρύτου πόλιν,
ἐπιστρατεύειν αὐτὸν ἢ μέλλειν ἔτι.   75

ΔΗΙΑΝΕΙΡΑ

Ἆρ' οἶσθα δῆτ', ὦ τέκνον, ὡς ἔλειπέ μοι
μαντεῖα πιστὰ τῆσδε τῆς χώρας πέρι;

ΥΛΛΟΣ

Τὰ ποῖα, μῆτερ; τὸν λόγον γὰρ ἀγνοῶ.

ΔΗΙΑΝΕΙΡΑ

Ὡς ἢ τελευτὴν τοῦ βίου μέλλει τελεῖν,
ἢ τοῦτον ἄρας ἆθλον εἰς τό γ' ὕστερον   80
τὸν λοιπὸν ἤδη βίοτον εὐαίων' ἔχειν.
Ἐν οὖν ῥοπῇ τοιᾷδε κειμένῳ, τέκνον,
οὐκ εἶ ξυνέρξων, ἡνίκ' ἢ σεσώσμεθα
κείνου βίον σώσαντος, ἢ οἰχόμεσθ' ἅμα;   85

HILO

Segundo ouvi dizer, em seus lavores,
foi servo de uma lídia, no ano findo. 70

DEJANIRA

Se até isso aguentou, tudo é possível.

HILO

Soube que ao menos se livrou do fardo.

DEJANIRA

E os núncios anunciam se está vivo?

HILO

Combate ou se prepara para o embate
na cidadela de Êurito, em Eubeia. 75

DEJANIRA

Talvez não saibas que ele me deixou
a par do augúrio a ser ali cumprido.

HILO

Sou todo ouvidos, mãe, pois nada sei!

DEJANIRA

De duas uma: ou lá termina a vida,
ou, finda a lida, até que amealhe a morte, 80
só há de vivenciar vicissitudes
profícuas. Não o ajudas se equilibra-se
precariamente? Se ele se salvar,
nós nos salvamos; morto, morreremos. 85

ΥΛΛΟΣ

Ἀλλ᾽ εἶμι, μῆτερ· εἰ δὲ θεσφάτων ἐγὼ
βάξιν κατῄδη τῶνδε, κἂν πάλαι παρῆ·
νῦν δ᾽ ὁ ξυνήθης πότμος οὐκ εἴα πατρὸς
ἡμᾶς προταρβεῖν οὐδὲ δειμαίνειν ἄγαν.
Νῦν δ᾽ ὡς ξυνίημ᾽, οὐδὲν ἐλλείψω τὸ μὴ   90
πᾶσαν πυθέσθαι τῶνδ᾽ ἀλήθειαν πέρι.

ΔΗΙΑΝΕΙΡΑ

Χώρει νυν, ὦ παῖ· καὶ γὰρ ὑστέρῳ τό γ᾽ εὖ
πράσσειν ἐπεὶ πύθοιτο, κέρδος ἐμπολᾷ.

ΧΟΡΟΣ

Ὅν αἰόλα νὺξ ἐναριζομένα
τίκτει κατευνάζει τε φλογιζόμενον   95
Ἅλιον, Ἅλιον αἰτῶ
τοῦτο καρῦξαι τὸν Ἀλκμή-
νας, πόθι μοι πόθι μοι ναί-
ει ποτ᾽, ὦ λαμπρᾷ στεροπᾷ φλεγέθων,
ἢ ποντίας αὐλῶνας, ἢ δισσαῖσιν ἀπείροις κλιθείς,   100
εἴπ᾽, ὦ κρατιστεύων κατ᾽ ὄμμα.

Ποθουμένᾳ γὰρ φρενὶ πυνθάνομαι
τὰν ἀμφινεικῆ Δηϊάνειραν ἀεί,
οἷά τιν᾽ ἄθλιον ὄρνιν,   105
οὔποτ᾽ εὐνάζειν ἀδακρύ-
των βλεφάρων πόθον, ἀλλ᾽ εὔ-
μναστον ἀνδρὸς δεῖμα τρέφουσαν ὁδοῦ
ἐνθυμίοις εὐναῖς ἀνανδρώτοισι τρύχεσθαι κακὰν   110
δύστανον ἐλπίζουσαν αἶσαν.

20

HILO

Teria feito o que farei, soubera
da profecia. Estou partindo, mãe.
As atribulações consuetas não
me atarantavam de meu pai. Ciente
da situação, não pouparei esforços,   90
que hão de levar-me ao coração dos fatos.

DEJANIRA

Ainda que tardia, a novidade
alvissareira é lucrativa. Parte!

[Saem Hilo e a nutriz. Entra o coro das Traquínias]

CORO

Ó Sol, a quem a noite, síncope de estrelas, gesta,   95
dormente com teus rútilos,
ó Sol, eu solicito
o paradeiro de Héracles:
onde, onde, ó fulgor fosfóreo-lucilante?
Num braço do mar Negro?
Repousa em duplo continente?   100
Revela, olhissúperopotente!

Soube do sempiafã que aflige fundo
Dejanira, ambiassediada:
ave torva,   105
a falta veta o sono ao olho lacrimal;
absorta no pavor de ser sem par,
esvai-se em dor no tálamo vacante,   110
prevendo moira mesta.

Πολλὰ γὰρ ὥστ' ἀκάμαντος
ἢ νότου ἢ βορέα τις
κύματ' <ἂν> εὐρέϊ πόντῳ
βάντ' ἐπιόντα τ' ἴδοι·   115
οὕτω δὲ τὸν Καδμογενῆ
<ς>τρέφει, τὸ δ' αὔξει βιότου
πολύπονον ὥσπερ πέλαγος
Κρήσιον· ἀλλά τις θεῶν
αἰὲν ἀναμπλάκητον Ἄι-   120
δα σφε δόμων ἐρύκει.

Ὧν ἐπιμεμφομένα σ' αἰ-
δοῖα μέν, ἀντία δ' οἴσω·
φαμὶ γὰρ οὐκ ἀποτρύειν
ἐλπίδα τὰν ἀγαθὰν   125
χρῆναί σ'· ἀνάλγητα γὰρ οὐδ'
ὁ πάντα κραίνων βασιλεὺς
ἐπέβαλε θνατοῖς Κρονίδας·
ἀλλ' ἐπὶ πῆμα καὶ χαρὰ
πᾶσι κυκλοῦσιν, οἷον Ἄρ-   130
κτου στροφάδες κέλευθοι.

Μένει γὰρ οὔτ' αἰόλα
νὺξ βροτοῖσιν οὔτε Κῆ-
ρες οὔτε πλοῦτος, ἀλλ' ἄφαρ
βέβακε, τῷ δ' ἐπέρχεται
χαίρειν τε καὶ στέρεσθαι.   135
Ἃ καὶ σὲ τὰν ἄνασσαν ἐλπίσιν λέγω
τάδ' αἰὲν ἴσχειν· ἐπεὶ τίς ὧδε
τέκνοισι Ζῆν' ἄβουλον εἶδεν;   140

Manobras de marulhos ao olhar
sob o açoite de Bóreas e Noto renitente,
fluxo e refluxo
na amplitude oceânica,
assim a vida multiárdua nutre   115
e agiganta o herdeiro de Cadmo,
tal qual, em Creta, o pélago,
mas um deus sempre o desvia
intacto   120
da moradia do Hades.

Sensível a teu pranto,
meu enfoque é inverso,
avessa a pisotear
a expectativa, caso positiva.   125
Não é anódino
o que Zeus, plenibasileu,
reserva a alguém:
sendeiro rotativo da Ursa,
um círculo de pesar e prazer   130
envolve a todos.

Estelário estático não há para os mortais,
nem Quere morticida, nem Plutos, a Pecúnia;
tudo fugaz se esvai,
e há quem logre o gozo
e há quem malogre no desgosto.   135
Urge manter, rainha — eis no que insisto —
a expectativa.
Não há quem tenha visto
Zeus se esquivar da estirpe.   140

ΔΗΙΑΝΕΙΡΑ

Πεπυσμένη μέν, ὡς ἀπεικάσαι, πάρει
πάθημα τοὐμόν· ὡς δ' ἐγὼ θυμοφθορῶ
μήτ' ἐκμάθοις παθοῦσα, νῦν δ' ἄπειρος εἶ.
Τὸ γὰρ νεάζον ἐν τοιοῖσδε βόσκεται
χώροισιν αὑτοῦ, καί νιν οὐ θάλπος θεοῦ,   145
οὐδ' ὄμβρος, οὐδὲ πνευμάτων οὐδὲν κλονεῖ,
ἀλλ' ἡδοναῖς ἄμοχθον ἐξαίρει βίον
ἐς τοῦθ' ἕως τις ἀντὶ παρθένου γυνὴ
κληθῇ λάβῃ τ' ἐν νυκτὶ φροντίδων μέρος
ἤτοι πρὸς ἀνδρὸς ἢ τέκνων φοβουμένη·   150
τότ' ἄν τις εἰσίδοιτο, τὴν αὑτοῦ σκοπῶν
πρᾶξιν, κακοῖσιν οἷς ἐγὼ βαρύνομαι.
Πάθη μὲν οὖν δὴ πόλλ' ἔγωγ' ἐκλαυσάμην·
ἓν δ', οἷον οὔπω πρόσθεν, αὐτίκ' ἐξερῶ.
Ὁδὸν γὰρ ἦμος τὴν τελευταίαν ἄναξ   155
ὡρμᾶτ' ἀπ' οἴκων Ἡρακλῆς, τότ' ἐν δόμοις
λείπει παλαιὰν δέλτον ἐγγεγραμμένην
ξυνθήμαθ' ἁμοὶ πρόσθεν οὐκ ἔτλη ποτὲ
πολλοὺς ἀγῶνας ἐξιὼν οὕτω φράσαι,
ἀλλ' ὥς τι δράσων εἷρπε κοὐ θανούμενος.   160
Νῦν δ', ὡς ἔτ' οὐκ ὤν, εἶπε μὲν λέχους ὅ τι
χρείη μ' ἑλέσθαι κτῆσιν, εἶπε δ' ἣν τέκνοις
μοῖραν πατρῴας γῆς διαιρετὸν νέμοι,
χρόνον προτάξας, ὡς τρίμηνος ἡνίκα
χώρας ἀπείη κἀνιαύσιος βεβώς,   165
τότ' ἢ θανεῖν χρείη σφε τῷδε τῷ χρόνῳ,
ἢ τοῦθ' ὑπεκδραμόντα τοῦ χρόνου τέλος
τὸ λοιπὸν ἤδη ζῆν ἀλυπήτῳ βίῳ.
Τοιαῦτ' ἔφραζε πρὸς θεῶν εἱμαρμένα
τῶν Ἡρακλείων ἐκτελευτᾶσθαι πόνων,   170
ὡς τὴν παλαιὰν φηγὸν αὐδῆσαί ποτε

DEJANIRA

Vieste por saber o que me oprime,
mas foge do que te acidule o timo,
pois não estás curtida. A mocidade
pasce em campina exclusiva, sem
que a incomode a tepidez solar, 145
a chuva, o vento, e colhe o que da vida
é não-tormento, em gozo do que apraz,
até que a chamem de mulher, não mais
menina, e ganhe à noite turva o lote
de preocupações que sobressaltam 150
pelo marido e filho. Só quem nisso
se vislumbrou, tem ciência do que aflige-me.
Muito chorei o que sofri, mas algo
guardei comigo até o presente: Héracles,
quando se foi na última jornada, 155
deixou em casa a antiga tabuleta
inscrita. Não dissera o seu teor
jamais, por desconsiderar a hipótese
de não voltar com vida dos trabalhos
inúmeros a que se dedicava. 160
Mas desta vez, tal qual um morto-vivo,
fixou a herança que me caberia
e a gleba em solo pátrio dos meninos.
Estipulou o prazo: um ano e três
meses passados desde sua partida, 165
ou estaria morto ou, se escapasse,
findo o período, viveria sem
agrura o seu futuro. Assim os numes
teriam decretado o fim dos doze
lavores de Héracles, revelação 170
dos robles em Dodona, transmitida

Δωδῶνι δισσῶν ἐκ πελειάδων ἔφη.
Καὶ τῶνδε ναμέρτεια συμβαίνει χρόνου
τοῦ νῦν παρόντος, ὡς τελεσθῆναι χρεών·
ὥσθ' ἡδέως εὕδουσαν ἐκπηδᾶν ἐμὲ   175
φόβῳ, φίλαι, ταρβοῦσαν, εἴ με χρὴ μένειν
πάντων ἀρίστου φωτὸς ἐστερημένην.

ΧΟΡΟΣ

Εὐφημίαν νῦν ἴσχ', ἐπεὶ καταστεφῆ
στείχονθ' ὁρῶ τιν' ἄνδρα πρὸς χαρὰν λόγων.

ΑΓΓΕΛΟΣ

Δέσποινα Δηάνειρα, πρῶτος ἀγγέλων   180
ὄκνου σε λύσω· τὸν γὰρ Ἀλκμήνης τόκον
καὶ ζῶντ' ἐπίστω καὶ κρατοῦντα κὰκ μάχης
ἄγοντ' ἀπαρχὰς θεοῖσι τοῖς ἐγχωρίοις.

ΔΗΙΑΝΕΙΡΑ

Τίν' εἶπας, ὦ γεραιέ, τόνδε μοι λόγον;

ΑΓΓΕΛΟΣ

Τάχ' ἐς δόμους σοὺς τὸν πολύζηλον πόσιν   185
ἥξειν, φανέντα σὺν κράτει νικηφόρῳ.

ΔΗΙΑΝΕΙΡΑ

Καὶ τοῦ τόδ' ἀστῶν ἢ ξένων μαθὼν λέγεις;

ΑΓΓΕΛΟΣ

Ἐν βουθερεῖ λειμῶνι πρόσπολος θροεῖ,
Λίχας ὁ κῆρυξ, ταῦτα· τοῦ δ' ἐγὼ κλύων

por duas pombas. Eis que agora chega
o tempo de cumprir-se a previsão.
Telos é imperativo: o desenlace.
Trêmula despertei não por motivo 175
diverso: deixarei de conviver
com Héracles, o *áristos*, o ás?

CORO

Basta de maus agouros! Chega alguém
coroado: arauto de ótimos augúrios?

    [Entra o mensageiro]

MENSAGEIRO

Eu me antecedo aos outros mensageiros, 180
a fim de te poupar do sofrimento:
Héracles vive. Seu sucesso em rixas
traduz-se nas primícias aos divinos.

DEJANIRA

Tuas palavras não me soam claras.

MENSAGEIRO

Teu cônjuge plurinvejado não 185
demora e luz, supremo na vitória.

DEJANIRA

Alguém de fora te informou? Daqui?

MENSAGEIRO

É o que o arauto Licas alardeia
nos prados estivais que nutrem bois.

ἀπῆξ’, ὅπως τοι πρῶτος ἀγγείλας τάδε   190
πρὸς σοῦ τι κερδάναιμι καὶ κτῴμην χάριν.

ΔΗΙΑΝΕΙΡΑ
Αὐτὸς δὲ πῶς ἄπεστιν, εἴπερ εὐτυχεῖ;

ΑΓΓΕΛΟΣ
Οὐκ εὐμαρείᾳ χρώμενος πολλῇ, γύναι·
κύκλῳ γὰρ αὐτὸν Μηλιεὺς ἅπας λεὼς
κρίνει παραστάς, οὐδ’ ἔχει βῆναι πρόσω·   195
τὸ γὰρ ποθοῦν ἕκαστος ἐκμαθεῖν θέλων
οὐκ ἂν μεθεῖτο, πρὶν καθ’ ἡδονὴν κλύειν.
Οὕτως ἐκεῖνος οὐχ ἑκών, ἑκοῦσι δὲ
ξύνεστιν· ὄψει δ’ αὐτὸν αὐτίκ’ ἐμφανῆ.

ΔΗΙΑΝΕΙΡΑ
Ὦ Ζεῦ, τὸν Οἴτης ἄτομον ὃς λειμῶν’ ἔχεις,   200
ἔδωκας ἡμῖν ἀλλὰ σὺν χρόνῳ χαράν.
Φωνήσατ’, ὦ γυναῖκες, αἵ τ’ εἴσω στέγης
αἵ τ’ ἐκτὸς αὐλῆς, ὡς ἄελπτον ὄμμ’ ἐμοὶ
φήμης ἀνασχὸν τῆσδε νῦν καρπούμεθα.

ΧΟΡΟΣ
Ἀνολολύξεται δόμος   205
ἐφεστίοισιν ἀλαλαῖς
ὁ μελλόνυμφος, ἐν δὲ κοινὸς ἀρσένων
ἴτω κλαγγὰ τὸν εὐφαρέτραν
Ἀπόλλω προστάταν·
ὁμοῦ δὲ παιᾶνα, παι-   210
ᾶν’ ἀνάγετ’, ὦ παρθένοι,
βοᾶτε τὰν ὁμόσπορον
Ἄρτεμιν Ὀρτυγίαν, ἐλαφαβόλον, ἀμφίπυρον,

Busquei me antecipar com a notícia,   190
atrás do lucro que me propicies.

DEJANIRA

O acaso a seu favor, por que não veio?

MENSAGEIRO

Sua situação não era assim tão simples:
a massa dos malieus o cerca, indaga-o,
bloqueando sua passagem. Cada qual,   195
ávido de relato, não o larga
até fartar-se. A contragosto cede
à curiosidade, mas não tarda
para gozares da presença de Héracles.

DEJANIRA

Senhor dos plainos virgens do Eta, ó Zeus,   200
de ti provém o dom tardio do júbilo!
Conclamo ao canto não só as mulheres
do paço. Desfrutemos do fulgor
nascente da notícia inesperada!

CORO

Ulule ao lar a núbil,   205
cantares de alaridos!
Homens, uníssono clangor
em prol de Apolo, penhor-da-aljava!
Moças,
o peã, ao peã,   210
por Ártemis Ortígia, sua irmã,
circunflamante, cervialgoz,
e por ninfas afins!

γείτονάς τε Νύμφας.   215
Ἀείρομ᾽ οὐδ᾽ ἀπώσομαι
τὸν αὐλόν, ὦ τύραννε τᾶς ἐμᾶς φρενός.
Ἰδού μ᾽ ἀναταράσσει,
εὐοῖ,
ὁ κισσὸς ἄρτι βακχίαν
ὑποστρέφων ἅμιλλαν.   220
Ἰὼ ἰὼ Παιάν·
ἴδ᾽, ὦ φίλα γύναι.
τάδ᾽ ἀντίπρῳρα δή σοι
βλέπειν πάρεστ᾽ ἐναργῆ.

ΔΗΙΑΝΕΙΡΑ

Ὁρῶ, φίλαι γυναῖκες, οὐδέ μ᾽ ὄμματος   225
φρουρὰ παρῆλθε τόνδε μὴ λεύσσειν στόλον·
χαίρειν δὲ τὸν κήρυκα προὐννέπω, χρόνῳ
πολλῷ φανέντα, χαρτὸν εἴ τι καὶ φέρεις.

ΛΙΧΑΣ

Ἀλλ᾽ εὖ μὲν ἵγμεθ᾽, εὖ δὲ προσφωνούμεθα,
γύναι, κατ᾽ ἔργου κτῆσιν· ἄνδρα γὰρ καλῶς   230
πράσσοντ᾽ ἀνάγκη χρηστὰ κερδαίνειν ἔπη.

ΔΗΙΑΝΕΙΡΑ

Ὦ φίλτατ᾽ ἀνδρῶν, πρῶθ᾽ ἃ πρῶτα βούλομαι
δίδαξον, εἰ ζῶνθ᾽ Ἡρακλέα προσδέξομαι.

ΛΙΧΑΣ

Ἔγωγέ τοί σφ᾽ ἔλειπον ἰσχύοντά τε
καὶ ζῶντα καὶ θάλλοντα κοὐ νόσῳ βαρύν.   235

Soergo-me,   215
não me poupo à flauta,
hegêmone-da-ânima!
Eis, me ataranta
— evoé! —
subreversora, a hédera —
azáfama dionísia!   220
Ió, ió Peã!
Amiga, os fatos descortinam-se,
translúcidos
a quem os mire!

[Entra Licas e um grupo de escravas, incluindo Iole]

DEJANIRA

Não me escapou, amigas, à atenção   225
da vista o avanço do cortejo! *Khaire*!,
saúdo o arauto — Salve! —, se nos brindas
com júbilo, ainda que tardio!

LICAS

Loa à viagem finda, loa ao *Khaire*!,
pelo sucesso obtido. É justa a fala   230
afável para alguém que logre o louro.

DEJANIRA

Pelas primícias principia do sonho:
hei de acolher com vida meu marido?

LICAS

Nenhuma enfermidade o acometia,
quando o deixei em plena forma física.   235

31

ΔHIANEIPA

Ποῦ γῆς; πατρῴας εἴτε βαρβάρου; λέγε.

ΛIΧΑΣ

Ἀκτή τις ἔστ' Εὐβοιίς, ἔνθ' ὁρίζεται
βωμοὺς τέλη τ' ἔγκαρπα Κηναίῳ Διί.

ΔHIANEIPA

Εὐκταῖα φαίνων ἢ 'πὸ μαντείας τινός;

ΛIΧΑΣ

Εὐχαῖς, ὅθ' ᾕρει τῶνδ' ἀνάστατον δορὶ   240
χώραν γυναικῶν ὧν ὁρᾷς ἐν ὄμμασιν.

ΔHIANEIPA

Αὗται δέ, πρὸς θεῶν, τοῦ ποτ' εἰσὶ καὶ τίνες;
οἰκτραὶ γάρ, εἰ μὴ ξυμφοραὶ κλέπτουσί με.

ΛIΧΑΣ

Ταύτας ἐκεῖνος Εὐρύτου πέρσας πόλιν
ἐξείλεθ' αὑτῷ κτῆμα καὶ θεοῖς κριτόν.   245

ΔHIANEIPA

Ἦ κἀπὶ ταύτῃ τῇ πόλει τὸν ἄσκοπον
χρόνον βεβὼς ἦν ἡμερῶν ἀνήριθμον;

ΛIΧΑΣ

Οὔκ, ἀλλὰ τὸν μὲν πλεῖστον ἐν Λυδοῖς χρόνον
κατείχεθ', ὥς φησ' αὐτός, οὐκ ἐλεύθερος,
ἀλλ' ἐμποληθείς· τοῦ λόγου δ' οὐ χρὴ φθόνον,   250
γύναι, προσεῖναι, Ζεὺς ὅτου πράκτωρ φανῇ.
Κεῖνος δὲ πραθεὶς Ὀμφάλῃ τῇ βαρβάρῳ

DEJANIRA

Mas já cruzou os lindes do país?

LICAS

Consagra a Zeus Ceneu altares, doa-lhe
frutas na Eubeia, promontório íngreme.

DEJANIRA

Faz votos ou está cumprindo oráculo?

LICAS

Fez votos quando devastou à lança   240
a terra das mulheres que me seguem.

DEJANIRA

Céus! Quem são elas? Causam-me piedade,
se o infortúnio não me rouba o senso.

LICAS

São o butim colhido para os deuses
e para si, derruída a urbe de Êurito.   245

DEJANIRA

Foi nesse burgo que ele se instalou,
sem intenção, por tempo demasiado?

LICAS

Não. Héracles permaneceu mais tempo
na Lídia, não como homem livre — disse-nos —,
mas como fâmulo comprado. O que eu   250
relate não te irrite: Zeus foi quem
arquitetou. Um ano pertenceu

ἐνιαυτὸν ἐξέπλησεν, ὡς αὐτὸς λέγει,
χοὔτως ἐδήχθη τοῦτο τοὔνειδος λαβὼν
ὥσθ' ὅρκον αὐτῷ προσβαλὼν διώμοσεν   255
ἦ μὴν τὸν ἀγχιστῆρα τοῦδε τοῦ πάθους
ξὺν παιδὶ καὶ γυναικὶ δουλώσειν ἔτι.
Κοὐχ ἡλίωσε τοὔπος, ἀλλ' ὅθ' ἁγνὸς ἦν,
στρατὸν λαβὼν ἐπακτὸν ἔρχεται πόλιν
τὴν Εὐρυτείαν· τόνδε γὰρ μεταίτιον   260
μόνον βροτῶν ἔφασκε τοῦδ' εἶναι πάθους·
ὃς αὐτὸν ἐλθόντ' ἐς δόμους ἐφέστιον,
ξένον παλαιὸν ὄντα, πολλὰ μὲν λόγοις
ἐπερρόθησε, πολλὰ δ' ἀτηρᾷ φρενί,
λέγων χεροῖν μὲν ὡς ἄφυκτ' ἔχων βέλη   265
τῶν ὧν τέκνων λείποιτο πρὸς τόξου κρίσιν,
φώνει δὲ δοῦλος ἀνδρὸς ὡς ἐλευθέρου
ῥαίοιτο· δείπνοις δ' ἡνίκ' ἦν ᾠνωμένος,
ἔρριψεν ἐκτὸς αὐτόν. Ὧν ἔχων χόλον,
ὡς ἵκετ' αὖθις Ἴφιτος Τιρυνθίαν   270
πρὸς κλιτὺν ἵππους νομάδας ἐξιχνοσκοπῶν,
τότ' ἄλλοσ' αὐτὸν ὄμμα, θἀτέρᾳ δὲ νοῦν
ἔχοντ', ἀπ' ἄκρας ἧκε πυργώδους πλακός.
Ἔργου δ' ἕκατι τοῦδε μηνίσας ἄναξ,
ὁ τῶν ἁπάντων Ζεὺς πατὴρ Ὀλύμπιος,   275
πρατόν νιν ἐξέπεμψεν, οὐδ' ἠνέσχετο
ὁθούνεκ' αὐτὸν μοῦνον ἀνθρώπων δόλῳ
ἔκτεινεν· εἰ γὰρ ἐμφανῶς ἠμύνατο,
Ζεύς τἂν συνέγνω ξὺν δίκῃ χειρουμένῳ·
ὕβριν γὰρ οὐ στέργουσιν οὐδὲ δαίμονες.   280
Κεῖνοι δ' ὑπερχλίοντες ἐκ γλώσσης κακῆς,
αὐτοὶ μὲν Ἅιδου πάντες εἴσ' οἰκήτορες,
πόλις δὲ δούλη· τάσδε δ' ἅσπερ εἰσορᾷς
ἐξ ὀλβίων ἄζηλον εὑροῦσαι βίον

a Ônfale — contou —, a uma bárbara!
Remoeu a humilhação e prometeu
de si para consigo escravizar   255
o responsável pelo disparate,
além da esposa e prole. Não ficou
só na conversa: depurou-se e foi
com mercenários para cima de Êurito
em sua pólis, o único culpado   260
do que sofrera — assim nos explicava —
quando o abrigou, um hóspede de outrora,
com multipalavrório rebaixante,
com múltiplos intentos ruinosos:
"Meus filhos, ases no arco, te fariam   265
comer pó... ó aqui pros teus flechaços!
A voz de um livre, escravo, te esboroa!"
E o pôs da porta para fora ao vê-lo
ébrio à mesa. Quando o filho de Êurito,
Ífito, escala o topo de Tirito,   270
em busca de cavalos fugitivos,
o pensamento cá, o olho acolá,
Héracles o empurrou da torre altíssima.
Pater olímpio, *ánaks*, pan-senhor,
Zeus o vendeu, furioso com seu ato.   275
Considerava errado assassinar
com dolo um único mortal que fosse.
Tivesse se vingado abertamente,
Zeus avaliara o troco justo: deuses,
nem eles amam a húbris, a insolência.   280
Os boquirrotos hiperaltaneiros
tornaram-se habitantes do Hades, a urbe
foi sujeitada, ex-prósperas mulheres
— conforme vês — chegaram para vida

χωροῦσι πρὸς σέ· ταῦτα γὰρ πόσις τε σὸς 285
ἐφεῖτ᾽, ἐγὼ δὲ πιστὸς ὢν κείνῳ τελῶ.
Αὐτὸν δ᾽ ἐκεῖνον, εὖτ᾽ ἂν ἁγνὰ θύματα
ῥέξῃ πατρῴῳ Ζηνὶ τῆς ἁλώσεως,
φρόνει νιν ὡς ἥξοντα· τοῦτο γὰρ λόγου
πολλοῦ καλῶς λεχθέντος ἥδιστον κλύειν. 290

ΧΟΡΟΣ

Ἄνασσα, νῦν σοι τέρψις ἐμφανὴς κυρεῖ,
τῶν μὲν παρόντων, τὰ δὲ πεπυσμένῃ λόγῳ.

ΔΗΙΑΝΕΙΡΑ

Πῶς δ᾽ οὐκ ἐγὼ χαίροιμ᾽ ἄν, ἀνδρὸς εὐτυχῆ
κλύουσα πρᾶξιν τήνδε, πανδίκῳ φρενί;
πολλή ᾽στ᾽ ἀνάγκη τῇδε τοῦτο συντρέχειν. 295
Ὅμως δ᾽ ἔνεστι τοῖσιν εὖ σκοπουμένοις
ταρβεῖν τὸν εὖ πράσσοντα μὴ σφαλῇ ποτε.
Ἐμοὶ γὰρ οἶκτος δεινὸς εἰσέβη, φίλαι,
ταύτας ὁρώσῃ δυσπότμους ἐπὶ ξένης
χώρας ἀοίκους ἀπάτοράς τ᾽ ἀλωμένας, 300
αἳ πρὶν μὲν ἦσαν ἐξ ἐλευθέρων ἴσως
ἀνδρῶν, τανῦν δὲ δοῦλον ἴσχουσιν βίον.
Ὦ Ζεῦ Τροπαῖε, μή ποτ᾽ εἰσίδοιμί σε
πρὸς τοὐμὸν οὕτω σπέρμα χωρήσαντά ποι,
μηδ᾽, εἴ τι δράσεις, τῆσδέ γε ζώσης ἔτι· 305
οὕτως ἐγὼ δέδοικα τάσδ᾽ ὁρωμένη.
Ὦ δυστάλαινα, τίς ποτ᾽ εἶ νεανίδων;
ἄνανδρος, ἢ τεκνοῦσσα; πρὸς μὲν γὰρ φύσιν
πάντων ἄπειρος τῶνδε, γενναία δέ τις.
Λίχα, τίνος ποτ᾽ ἐστὶν ἡ ξένη βροτῶν; 310
τίς ἡ τεκοῦσα, τίς δ᾽ ὁ φιτύσας πατήρ;

nada invejável. Sigo à risca, dama,   285
as ordens que escutei do teu consorte,
em breve aqui, tão logo finde o rito
em que oferece dádivas a Zeus
pela conquista. Ouviste o que é melhor,
ao fim da longa fala auspiciosa.   290

CORO

O regozijo espouca em luz, senhora,
pelo que se apresenta e diz-se há pouco.

DEJANIRA

E como não me alegraria ouvir
o êxito que obteve meu marido?
Meu riso vai de encontro ao seu sucesso.   295
Mas o atinado deve estar atento
à hipótese da queda ao bem logrado.
Testemunhar o baque de infelizes
em país alienígena, sem teto
e pais, ensombreceu meu coração.   300
Ancestres não teriam sido livres
de quem passa a viver o jugo escravo?
Zeus protetor, jamais eu presencie
a dor de minha prole ao teu avanço —
não mais respire, caso o fato ocorra!   305
Paúra me sufoca ao vislumbrá-las.
Desejo ouvir quem és, infortunada!
Tens filho ou és solteira? Nobre me
pareces ser, jejuna em sofrimento.
De quem se trata, Licas, essa moça?   310
Como se chama quem lhe deu a vida?

ἔξειπ'· ἐπεί νιν τῶνδε πλεῖστον ᾤκτισα
βλέπουσ', ὅσῳπερ καὶ φρονεῖν οἶδεν μόνη.

ΛΙΧΑΣ

Τί δ' οἶδ' ἐγώ; τί δ' ἄν με καὶ κρίνοις; ἴσως
γέννημα τῶν ἐκεῖθεν οὐκ ἐν ὑστάτοις.   315

ΔΗΙΑΝΕΙΡΑ

Μὴ τῶν τυράννων; Εὐρύτου σπορά τις ἦν;

ΛΙΧΑΣ

Οὐκ οἶδα· καὶ γὰρ οὐδ' ἀνιστόρουν μακράν.

ΔΗΙΑΝΕΙΡΑ

Οὐδ' ὄνομα πρός του τῶν ξυνεμπόρων ἔχεις;

ΛΙΧΑΣ

Ἥκιστα· σιγῇ τοὐμὸν ἔργον ἤνυτον.

ΔΗΙΑΝΕΙΡΑ

Εἴπ', ὦ τάλαιν', ἀλλ' ἡμὶν ἐκ σαυτῆς· ἐπεὶ   320
καὶ ξυμφορά τοι μὴ εἰδέναι σέ γ' ἥτις εἶ.

ΛΙΧΑΣ

Οὔ τἄρα τῷ γε πρόσθεν οὐδὲν ἐξ ἴσου
χρόνῳ διοίσει γλῶσσαν, ἥτις οὐδαμὰ
προὔφηνεν οὔτε μείζον' οὔτ' ἐλάσσονα,
ἀλλ' αἰὲν ὠδίνουσα συμφορᾶς βάρος   325
δακρυρροεῖ δύστηνος, ἐξ ὅτου πάτραν
διήνεμον λέλοιπεν. Ἡ δέ τοι τύχη
κακὴ μὲν αὐτῇ γ', ἀλλὰ συγγνώμην ἔχει.

Mais do que às outras, sinto pena ao vê-la,
pois tem em si um quê de sutileza.

LICAS

Não sei dizer — e como saberia?
Pertencerá ao rol da alta classe? 315

DEJANIRA

De reis? Não pode ser herdeira de Êurito?

LICAS

Não sei... pautei-me pela discrição.

DEJANIRA

Nada escutaste de uma amiga sua?

LICAS

Não, pois cumpri calado a missão.

DEJANIRA

Tu mesma nos revela a identidade, 320
porque lastimo não saber quem és!

LICAS

Duvido que abra a boca, de onde não
ouvi sair o som de um monossílabo,
quanto mais de uma frase articulada.
Suporta quieta o fardo embora chore 325
desde que abandonou o solo pátrio,
varrido pela túrbida borrasca.
Devemos relevar-lhe a sorte má.

ΔΗΙΑΝΕΙΡΑ

Ἡ δ' οὖν ἐάσθω, καὶ πορευέσθω στέγας
οὕτως ὅπως ἥδιστα, μηδὲ πρὸς κακοῖς   330
τοῖς οὖσι λύπην πρός γ' ἐμοῦ διπλῆν λάβοι·
ἅλις γὰρ ἡ παροῦσα. Πρὸς δὲ δώματα
χωρῶμεν ἤδη πάντες, ὡς σύ θ' οἷ θέλεις
σπεύδῃς, ἐγώ τε τἄνδον ἐξαρκῆ τιθῶ.

ΑΓΓΕΛΟΣ

Αὐτοῦ γε πρῶτον βαιὸν ἀμμείνασ', ὅπως   335
μάθῃς ἄνευ τῶνδ' οὕστινάς τ' ἄγεις ἔσω,
ὧν τ' οὐδὲν εἰσήκουσας ἐκμάθῃς γ' ἃ δεῖ·
τούτων ἔχω γὰρ πάντ' ἐπιστήμην ἐγώ.

ΔΗΙΑΝΕΙΡΑ

Τί δ' ἐστί; τοῦ με τήνδ' ἐφίστασαι βάσιν;

ΑΓΓΕΛΟΣ

Σταθεῖσ' ἄκουσον· καὶ γὰρ οὐδὲ τὸν πάρος   340
μῦθον μάτην ἤκουσας, οὐδὲ νῦν δοκῶ.

ΔΗΙΑΝΕΙΡΑ

Πότερον ἐκείνους δῆτα δεῦρ' αὖθις πάλιν
καλῶμεν, ἢ 'μοὶ ταῖσδέ τ' ἐξειπεῖν θέλεις;

ΑΓΓΕΛΟΣ

Σοὶ ταῖσδέ τ' οὐδὲν εἴργεται, τούτους δ' ἔα.

ΔΗΙΑΝΕΙΡΑ

Καὶ δὴ βεβᾶσι, χὠ λόγος σημαινέτω.   345

DEJANIRA

Deixêmo-la portanto em paz! O paço
a acolhe, se lhe apraz. Sua adversidade   330
é grave o suficiente para ser
importunada com meus ais. Entremos!
Podes partir aonde queiras ir,
que é coisa minha organizar o lar.

[Saem Licas e as escravas. Entra o mensageiro]

MENSAGEIRO

Peço antes um momento de atenção,   335
para contar, sem que ninguém nos ouça,
quem introduzes no solar, pois sei
de fatos não de todo relatados.

DEJANIRA

O que te leva a me pedir que pare?

MENSAGEIRO

Se o que contei um dia fez sentido,   340
o mesmo valerá, se me escutares.

DEJANIRA

Reconvocamos todos que partiram
ou conversamos entre nós e elas?

MENSAGEIRO

Deixa os demais, falemos entre nós!

DEJANIRA

Começa, pois, que os homens já partiram!   345

ΑΓΓΕΛΟΣ

Ἀνὴρ ὅδ᾽ οὐδὲν ὧν ἔλεξεν ἀρτίως
φωνεῖ δίκης ἐς ὀρθόν, ἀλλ᾽ ἢ νῦν κακός,
ἢ πρόσθεν οὐ δίκαιος ἄγγελος παρῆν.

ΔΗΙΑΝΕΙΡΑ

Τί φής; σαφῶς μοι φράζε πᾶν ὅσον νοεῖς·
ἃ μὲν γὰρ ἐξείρηκας ἀγνοία μ᾽ ἔχει.   350

ΑΓΓΕΛΟΣ

Τούτου λέγοντος τἀνδρὸς εἰσήκουσ᾽ ἐγώ,
πολλῶν παρόντων μαρτύρων, ὡς τῆς κόρης
ταύτης ἕκατι κεῖνος Εὔρυτόν θ᾽ ἕλοι
τήν θ᾽ ὑψίπυργον Οἰχαλίαν, Ἔρως δέ νιν
μόνος θεῶν θέλξειεν αἰχμάσαι τάδε,   355
οὐ τἀπὶ Λυδοῖς οὐδ᾽ ὑπ᾽ Ὀμφάλῃ πόνων
λατρεύματ᾽, οὐδ᾽ ὁ ῥιπτὸς Ἰφίτου μόρος,
ὃν νῦν παρώσας οὗτος ἔμπαλιν λέγει.
Ἀλλ᾽ ἡνίκ᾽ οὐκ ἔπειθε τὸν φυτοσπόρον
τὴν παῖδα δοῦναι, κρύφιον ὡς ἔχοι λέχος,   360
ἔγκλημα μικρὸν αἰτίαν θ᾽ ἑτοιμάσας,
ἐπιστρατεύει πατρίδα τὴν ταύτης, ἐν ᾗ
τὸν Εὔρυτον τῶνδ᾽ εἶπε δεσπόζειν θρόνων,
κτείνει τ᾽ ἄνακτα πατέρα τῆσδε καὶ πόλιν
ἔπερσε. Καί νιν, ὡς ὁρᾷς, ἥκει δόμους   365
ὡς τούσδε πέμπων οὐκ ἀφροντίστως, γύναι,
οὐδ᾽ ὥστε δούλην· μηδὲ προσδόκα τόδε·
οὐδ᾽ εἰκός, εἴπερ ἐντεθέρμανται πόθῳ.
Ἔδοξεν οὖν μοι πρὸς σὲ δηλῶσαι τὸ πᾶν,
δέσποιν᾽, ὃ τοῦδε τυγχάνω μαθὼν πάρα.   370
Καὶ ταῦτα πολλοὶ πρὸς μέσῃ Τραχινίων
ἀγορᾷ συνεξήκουον ὡσαύτως ἐμοί,

MENSAGEIRO

O que esse núncio vem de pronunciar
carece de justiça e retidão.
Ou ele é vil agora ou foi há pouco.

DEJANIRA

Sê mais explícito no que insinuas,
pois me deixou no ar tua intervenção. 350

MENSAGEIRO

Não fui o único a escutar de Licas
que teu marido conquistou a Ecália
turrielevada assassinando Êurito,
seu líder, pela moça. Eros, ele
tão só, o induziu a usar o gládio. 355
Escravo de Ônfale na Lídia? Falso!
É falso que arrojou da grimpa Ífito
(distorce o caso ao excluir o amor).
Sem persuadir o pai a dar-lhe a filha
para o esponsal secreto, lançou mão 360
de uma reclamação desimportante
como pretexto para assassinar
o pai, o déspota do trono (assim
dizia), Êurito, destruir sua urbe.
Não foi para fazê-la escrava que Héracles 365
a introduziu, senhora, em sua casa,
mas de caso pensado, como vês,
algo plausível, quando a chama inflama...
Achei por bem contar o que escutei
desse sujeito detalhadamente. 370
Falou a quem quisesse ouvir na praça
em Tráquis, onde havia muita gente.

ὥστ' ἐξελέγχειν· εἰ δὲ μὴ λέγω φίλα,
οὐχ ἥδομαι, τὸ δ' ὀρθὸν ἐξείρηχ' ὅμως.

ΔΗΙΑΝΕΙΡΑ

Οἴμοι τάλαινα, ποῦ ποτ' εἰμὶ πράγματος;   375
τίν' εἰσδέδεγμαι πημονὴν ὑπόστεγον
λαθραῖον, ὤ, δύστηνος· ἆρ' ἀνώνυμος
πέφυκεν, ὥσπερ οὑπάγων διώμνυτο,
ἡ κάρτα λαμπρὰ καὶ κατ' ὄνομα καὶ φύσιν;

ΑΓΓΕΛΟΣ

Πατρὸς μὲν οὖσα γένεσιν Εὐρύτου ποτὲ   380
Ἰόλη 'καλεῖτο, τῆς ἐκεῖνος οὐδαμὰ
βλάστας ἐφώνει, δῆθεν οὐδὲν ἱστορῶν.

ΧΟΡΟΣ

Ὄλοιντο μή τι πάντες οἱ κακοί, τὰ δὲ
λαθραῖ' ὃς ἀσκεῖ μὴ πρέποντ' αὑτῷ κακά.

ΔΗΙΑΝΕΙΡΑ

Τί χρὴ ποεῖν, γυναῖκες; ὡς ἐγὼ λόγοις   385
τοῖς νῦν παροῦσιν ἐκπεπληγμένη κυρῶ.

ΧΟΡΟΣ

Πεύθου μολοῦσα τἀνδρός, ὡς τάχ' ἂν σαφῆ
λέξειεν, εἴ νιν πρὸς βίαν κρίνειν θέλοις.

ΔΗΙΑΝΕΙΡΑ

Ἀλλ' εἶμι· καὶ γὰρ οὐκ ἀπὸ γνώμης λέγεις.

ΑΓΓΕΛΟΣ

Ἡμεῖς δὲ προσμένωμεν; ἢ τί χρὴ ποεῖν;   390

Além de mim, bastantes o refutam.
Nem sempre o verdadeiro é indolor.

DEJANIRA

Em que terrível situação me encontro!   375
Quem acolhi solapa-me à socapa?
Não era um ser desamparado e anônimo,
como seu condutor alardeou?
Seu rosto brilha, brilha sua estirpe!

MENSAGEIRO

Chamavam-na Iole, filha de Êurito —   380
Licas, ladino, nada disse disso...
Preguiça de historiar — quiçá — os fatos?

CORO

Morram, não digo todos os canalhas,
mas quem às escondidas faz o mal!

DEJANIRA

Que medida tomar? Vertigem, caras,   385
é o que provoca em mim sua narrativa!

CORO

Pressiona esse sujeito que talvez
se abra interrogado com vigor.

DEJANIRA

Procederei assim, pois tens razão.

MENSAGEIRO

E quanto a mim, devo esperar? Que faço?   390

ΔΗΙΑΝΕΙΡΑ

Μίμν', ὡς ὅδ' ἀνὴρ οὐκ ἐμῶν ὑπ' ἀγγέλων,
ἀλλ' αὐτόκλητος ἐκ δόμων πορεύεται.

ΛΙΧΑΣ

Τί χρή, γύναι, μολόντα μ' Ἡρακλεῖ λέγειν;
δίδαξον, ὡς ἕρποντος, εἰσορᾷς, ἐμοῦ.

ΔΗΙΑΝΕΙΡΑ

Ὡς ἐκ ταχείας σὺν χρόνῳ βραδεῖ μολὼν   395
ᾄσσεις, πρὶν ἡμᾶς κἀννεώσασθαι λόγους.

ΛΙΧΑΣ

Ἀλλ' εἴ τι χρῄζεις ἱστορεῖν, πάρειμ' ἐγώ.

ΔΗΙΑΝΕΙΡΑ

Ἦ καὶ τὸ πιστὸν τῆς ἀληθείας νεμεῖς;

ΛΙΧΑΣ

Ἴστω μέγας Ζεύς, ὧν γ' ἂν ἐξειδὼς κυρῶ.

ΔΗΙΑΝΕΙΡΑ

Τίς ἡ γυνὴ δῆτ' ἐστὶν ἣν ἥκεις ἄγων;   400

ΛΙΧΑΣ

Εὐβοιίς· ὧν δ' ἔβλαστεν οὐκ ἔχω λέγειν.

ΑΓΓΕΛΟΣ

Οὗτος, βλέφ' ὧδε. Πρὸς τίν' ἐννέπειν δοκεῖς;

DEJANIRA

Fica! Não é que o dito-cujo vem
de moto próprio, sem ser convocado?

[Entra Licas]

LICAS

Devo dizer algo especial a Héracles?
Podes notar que já estou indo embora.

DEJANIRA

Para quem veio lento, voltas rápido...   395
Queria retomar nossa conversa.

LICAS

Pois não, senhora, estou a teu dispor!

DEJANIRA

Fiel ao verdadeiro, serás crível?

LICAS

Evoco Zeus, naquilo que souber!

DEJANIRA

Quem é de fato a moça que trouxeste?   400

LICAS

Não tenho dados sobre sua família.

MENSAGEIRO

Ei! Olha para mim! Me reconheces?

ΛΙΧΑΣ

Σὺ δ᾽ εἰς τί δή με τοῦτ᾽ ἐρωτήσας ἔχεις;

ΑΓΓΕΛΟΣ

Τόλμησον εἰπεῖν, εἰ φρονεῖς, ὅ σ᾽ ἱστορῶ.

ΛΙΧΑΣ

Πρὸς τὴν κρατοῦσαν Δηάνειραν, Οἰνέως   405
κόρην, δάμαρτά θ᾽ Ἡρακλέους, εἰ μὴ κυρῶ
λεύσσων μάταια, δεσπότιν τε τὴν ἐμήν.

ΑΓΓΕΛΟΣ

Τοῦτ᾽ αὔτ᾽ ἔχρῃζον, τοῦτό σου μαθεῖν· λέγεις
δέσποιναν εἶναι τήνδε σήν;

ΛΙΧΑΣ

                              Δίκαια γάρ.

ΑΓΓΕΛΟΣ

Τί δῆτα; ποίαν ἀξιοῖς δοῦναι δίκην,   410
ἤν γ᾽ εὑρεθῇς ἐς τήνδε μὴ δίκαιος ὤν;

ΛΙΧΑΣ

Πῶς μὴ δίκαιος; τί ποτε ποικίλας ἔχεις;

ΑΓΓΕΛΟΣ

Οὐδέν· σὺ μέντοι κάρτα τοῦτο δρῶν κυρεῖς.

ΛΙΧΑΣ

Ἄπειμι· μῶρος δ᾽ ἦ πάλαι κλύων σέθεν.

LICAS

Com qual intuito me perguntas isso?

MENSAGEIRO

Por que não me respondes, se me ouviste?

LICAS

Se não dei para ter visões, converso   405
com a rainha Dejanira, filha
de Eneu, esposa do magnânimo Héracles.

MENSAGEIRO

É isso mesmo o que eu queria ouvir.
És servo da senhora?

LICAS

    Exatamente.

MENSAGEIRO

Será merecedor de que castigo,   410
se, pulha, te pilharem contra a dama?

LICAS

Pulha? Tua fala ofusca de tão rútila!

MENSAGEIRO

O bom de papo aqui não sou bem eu!

LICAS

Que tolo eu fui ao te escutar! Vou indo.

ΑΓΓΕΛΟΣ

Οὔ, πρίν γ᾽ ἂν εἴπῃς ἱστορούμενος βραχύ.   415

ΛΙΧΑΣ

Λέγ᾽, εἴ τι χρῄζεις· καὶ γὰρ οὐ σιγηλὸς εἶ.

ΑΓΓΕΛΟΣ

Τὴν αἰχμάλωτον, ἣν ἔπεμψας ἐς δόμους,
κάτοισθα δήπου;

ΛΙΧΑΣ

                    Φημί, πρὸς τί δ᾽ ἱστορεῖς;

ΑΓΓΕΛΟΣ

Οὔκουν σὺ ταύτην, ἣν ὑπ᾽ ἀγνοίας ὁρᾷς,
Ἰόλην ἔφασκες Εὐρύτου σπορὰν ἄγειν;   420

ΛΙΧΑΣ

Ποίοις ἐν ἀνθρώποισι; τίς πόθεν μολὼν
σοὶ μαρτυρήσει ταῦτ᾽ ἐμοῦ κλύειν παρών;

ΑΓΓΕΛΟΣ

Πολλοῖσιν ἀστῶν· ἐν μέσῃ Τραχινίων
ἀγορᾷ πολύς σου ταῦτά γ᾽ εἰσήκουσ᾽ ὄχλος.

ΛΙΧΑΣ

Ναί,
κλύειν γ᾽ ἔφασκον· ταὐτὸ δ᾽ οὐχὶ γίγνεται   425
δόκησιν εἰπεῖν κἀξακριβῶσαι λόγον.

MENSAGEIRO
Não sem me responder uma questiúncula.   415

LICAS
Não passas de um falaz! Vai, desembucha!

MENSAGEIRO
Sabes quem é a serva conduzida
ao paço?

LICAS
    Sim. A que vem a pergunta?

MENSAGEIRO
Não afirmavas ser a filha de Êurito
quem finges ignorar agora: Iole?   420

LICAS
Dizia a quem? Alguém garante ter
de mim ouvido a história? Quem? De onde?

MENSAGEIRO
Na praça em Tráquis, grande aglomerado
formou-se para ouvir o teu relato.

LICAS
De fato...
Foi o que ouvi dizer. Mas o que é   425
pode não ser o que se conjectura.

ΑΓΓΕΛΟΣ

Ποίαν δόκησιν; οὐκ ἐπώμοτος λέγων
δάμαρτ' ἔφασκες Ἡρακλεῖ ταύτην ἄγειν;

ΛΙΧΑΣ

Ἐγὼ δάμαρτα; Πρὸς θεῶν, φράσον, φίλη
δέσποινα, τόνδε τίς ποτ' ἐστὶν ὁ ξένος. 430

ΑΓΓΕΛΟΣ

Ὃς σοῦ παρὼν ἤκουσεν ὡς ταύτης πόθῳ
πόλις δαμείη πᾶσα, κοὐχ ἡ Λυδία
πέρσειεν αὐτήν, ἀλλ' ὁ τῆσδ' ἔρως φανείς.

ΛΙΧΑΣ

Ἄνθρωπος, ὦ δέσποιν', ἀποστήτω. Τὸ γὰρ
νοσοῦντι ληρεῖν ἀνδρὸς οὐχὶ σώφρονος. 435

ΔΗΙΑΝΕΙΡΑ

Μή, πρός σε τοῦ κατ' ἄκρον Οἰταῖον νάπος
Διὸς καταστράπτοντος, ἐκκλέψῃς λόγον.
Οὐ γὰρ γυναικὶ τοὺς λόγους ἐρεῖς κακῇ,
οὐδ' ἥτις οὐ κάτοιδε τἀνθρώπων ὅτι
χαίρειν πέφυκεν οὐχὶ τοῖς αὐτοῖς ἀεί. 440
Ἔρωτι μὲν γοῦν ὅστις ἀντανίσταται
πύκτης ὅπως ἐς χεῖρας οὐ καλῶς φρονεῖ.
Οὗτος γὰρ ἄρχει καὶ θεῶν ὅπως θέλει,
κἀμοῦ γε· πῶς δ' οὐ χἀτέρας οἵας γ' ἐμοῦ.
Ὥστ' εἴ τι τὠμῷ τ' ἀνδρὶ τῇδε τῇ νόσῳ 445
ληφθέντι μεμπτός εἰμι, κάρτα μαίνομαι,
ἢ τῇδε τῇ γυναικί, τῇ μεταιτίᾳ
τοῦ μηδὲν αἰσχροῦ μηδ' ἐμοὶ κακοῦ τινος.
Οὐκ ἔστι ταῦτ'. Ἀλλ' εἰ μὲν ἐκ κείνου μαθὼν

MENSAGEIRO

Conjectura? Mas quem jurou levá-la
a Héracles na condição de esposa?

LICAS

Esposa? Eu? Senhora, poderias
me esclarecer quem é esse estrangeiro?   430

MENSAGEIRO

Um estrangeiro que te ouviu dizer
que o amor pela mulher destruiu a pólis:
Eros a dizimou, não foi a Lídia!

LICAS

Retirem-no daqui! O que um lunático
profere é sem sentido ao homem lúcido.   435

DEJANIRA

Por Zeus, lampejador no cume do Eta,
não queiras me furtar a narração!
Não falas com mulher de baixo nível,
alguém que ignore a natureza do homem,
cujo âmago é moldado na inconstância.   440
É um boxeador obtuso quem se põe
em guerra contra Amor. Os deuses (e eu
também) sucumbem ao que ele dita,
por que essa moça não sucumbiria,
igual a mim? Se a doença afeta Héracles,   445
loucura é denegri-lo ou criticar
esta mulher, pois não cometem nada
errado. Não me agridem. A questão
é outra. Se te aconselhou a não

ψεύδῃ, μάθησιν οὐ καλὴν ἐκμανθάνεις· 450
εἰ δ' αὐτὸς αὑτὸν ὧδε παιδεύεις, ὅταν
θέλῃς γενέσθαι χρηστός, ὀφθήσῃ κακός.
Ἀλλ' εἰπὲ πᾶν τἀληθές· ὡς ἐλευθέρῳ
ψευδεῖ καλεῖσθαι κὴρ πρόσεστιν οὐ καλή.
Ὅπως δὲ λήσεις, οὐδὲ τοῦτο γίγνεται· 455
πολλοὶ γάρ, οἷς εἴρηκας, οἳ φράσουσ' ἐμοί.
Κεἰ μὲν δέδοικας, οὐ καλῶς ταρβεῖς, ἐπεὶ
τὸ μὴ πυθέσθαι, τοῦτό μ' ἀλγύνειεν ἄν·
τὸ δ' εἰδέναι τί δεινόν; οὐχὶ χἀτέρας
πλείστας ἀνὴρ εἷς Ἡρακλῆς ἔγημε δή; 460
κοὔπω τις αὐτῶν ἔκ γ' ἐμοῦ λόγον κακὸν
ἠνέγκατ' οὐδ' ὄνειδος ἥδε τ' οὐδ' ἂν εἰ
κάρτ' ἐντακείη τῷ φιλεῖν, ἐπεί σφ' ἐγὼ
ᾤκτιρα δὴ μάλιστα προσβλέψασ', ὅτι
τὸ κάλλος αὐτῆς τὸν βίον διώλεσεν, 465
καὶ γῆν πατρῴαν οὐχ ἑκοῦσα δύσμορος
ἔπερσε κἀδούλωσεν. Ἀλλὰ ταῦτα μὲν
ῥείτω κατ' οὖρον· σοὶ δ' ἐγὼ φράζω κακὸν
πρὸς ἄλλον εἶναι, πρὸς δ' ἔμ' ἀψευδεῖν ἀεί.

ΧΟΡΟΣ
Πείθου λεγούσῃ χρηστά, κοὐ μέμψῃ χρόνῳ 470
γυναικὶ τῇδε, κἀπ' ἐμοῦ κτήσῃ χάριν.

ΛΙΧΑΣ
Ἀλλ', ὦ φίλη δέσποιν', ἐπεί σε μανθάνω
θνητὴν φρονοῦσαν θνητὰ κοὐκ ἀγνώμονα,
πᾶν σοι φράσω τἀληθὲς οὐδὲ κρύψομαι.
Ἔστιν γὰρ οὕτως ὥσπερ οὗτος ἐννέπει· 475
ταύτης ὁ δεινὸς ἵμερός ποθ' Ἡρακλῆ
διῆλθε, καὶ τῆσδ' οὕνεχ' ἡ πολύφθορος

54

dizer verdade, deu um mau conselho.   450
Se impinges tal parâmetro em ti mesmo,
sem préstimo serás, serás um mísero.
Sê genuíno: o estigma de embusteiro
combina mal com homem livre. Se
pretendes me enganar, teu grande público   455
virá me esclarecer. Não tenhas medo,
pois para mim a desinformação
seria o mais aborrecido. Não
se pode deslustrar a lucidez.
Será uma conquista a mais de Héracles.   460
Nenhuma ouviu de mim reproches duros,
tampouco a moça escutará censuras,
mesmo se derreter de tão gamada,
pois sua aparição me entristeceu:
ser bela a arruinou; moira amaríssima,   465
ela arrastou, sem pretendê-lo, a pátria
à servidão. Que o vento leve tudo!
Não é da minha conta se com outros
procedes mal, mas poupa-me do engodo!

CORO

Deves ceder à fala irretocável.   470
Hei de ser grata e dela não reclamas.

LICAS

Percebo que és humana, soberana,
e perspicaz: tens o âmago humano!
O núncio não deturpa nada. O amor
acaçapante subjugou teu cônjuge   475
e não por outra causa a lança de Héracles
abateu sua pátria, Ecália, multi-

καθηρέθη πατρῷος Οἰχαλία δορί.
Καὶ ταῦτα, δεῖ γὰρ καὶ τὸ πρὸς κείνου λέγειν,
οὔτ’ εἶπε κρύπτειν οὔτ’ ἀπηρνήθη ποτέ·   480
ἀλλ’ αὐτός, ὦ δέσποινα, δειμαίνων τὸ σὸν
μὴ στέρνον ἀλγύνοιμι τοῖσδε τοῖς λόγοις,
ἥμαρτον, εἴ τι τήνδ’ ἁμαρτίαν νέμεις.
Ἐπεί γε μὲν δὴ πάντ’ ἐπίστασαι λόγον
κείνου τε καὶ σὴν ἐξ ἴσου κοινὴν χάριν,   485
καὶ στέργε τὴν γυναῖκα καὶ βούλου λόγους
οὓς εἶπας ἐς τήνδ’ ἐμπέδως εἰρηκέναι·
ὡς τἄλλ’ ἐκεῖνος πάντ’ ἀριστεύων χεροῖν
τοῦ τῆσδ’ ἔρωτος εἰς ἅπανθ’ ἥσσων ἔφυ.

ΔΗΙΑΝΕΙΡΑ
Ἀλλ’ ὧδε καὶ φρονοῦμεν ὥστε ταῦτα δρᾶν,   490
κοὔτοι νόσον γ’ ἐπακτὸν ἐξαρούμεθα
θεοῖσι δυσμαχοῦντες. Ἀλλ’ εἴσω στέγης
χωρῶμεν, ὡς λόγων τ’ ἐπιστολὰς φέρῃς,
ἅ τ’ ἀντὶ δώρων δῶρα χρὴ προσαρμόσαι,
καὶ ταῦτ’ ἄγῃς. Κενὸν γὰρ οὐ δίκαιά σε   495
χωρεῖν προσελθόνθ’ ὧδε σὺν πολλῷ στόλῳ.

ΧΟΡΟΣ
Μέγα τι σθένος ἁ Κύπρις· ἐκφέρεται νίκας ἀεί·
καὶ τὰ μὲν θεῶν
παρέβαν, καὶ ὅπως Κρονίδαν ἀπάτασεν οὐ λέγω,   500
οὐδὲ τὸν ἔννυχον Ἅιδαν,
ἢ Ποσειδάωνα τινάκτορα γαίας·
ἀλλ’ ἐπὶ τάνδ’ ἄρ’ ἄκοιτιν
<τίνες> ἀμφίγυοι κατέβαν πρὸ γάμων;

mortificada antes de ruir.
Direi a seu favor que não mandou
que eu encobrisse o caso que assumia;   480
se errei, senhora, errei por conta própria,
para poupar teu coração de angústia.
Chamas meu erro de erro propriamente?
Sabendo o que se passa, para o bem
do teu marido e para o teu, acolhe   485
a moça! Evita que tua fala se
reduza à inconsistente parolagem.
A tudo a força de Héracles supera,
tirando o amor por ela, que o dobrou.

DEJANIRA

Mantenho a decisão que já tomara: 490
longe de mim alimentar querela
com deuses. No solar quero entregar-te
epístolas que deverás levar
e contradons por dons que só me honoram.
Seria inaceitável ir sem nada   495
quem encabeça a pompa de um cortejo.

    [Os três entram na casa]

CORO

Magno vigor, a Cípris: sempre vence.
Calo os numes:
evito referir como enganou o Cronida,   500
Hades, o noturno,
Posêidon treme-terra.
Rivais ambitaludos, quais
desceram à arena pelo consórcio com Dejanira?

τίνες πάμπληκτα παγκόνιτά τ' ἐξ-   505
ῆλθον ἄεθλ' ἀγώνων;

Ὁ μὲν ἦν ποταμοῦ σθένος, ὑψίκερω τετραόρου
φάσμα ταύρου,
Ἀχελῷος ἀπ' Οἰνιαδᾶν, ὁ δὲ Βακχίας ἄπο   510
ῆλθε παλίντονα Θήβας
τόξα καὶ λόγχας ῥόπαλόν τε τινάσσων,
παῖς Διός· οἳ τότ' ἀολλεῖς
ἴσαν ἐς μέσον ἱέμενοι λεχέων·
μόνα δ' εὔλεκτρος ἐν μέσῳ Κύπρις   515
ῥαβδονόμει ξυνοῦσα.

Τότ' ἦν χερός, ἦν δὲ τό-
ξων πάταγος,
ταυρείων τ' ἀνάμιγδα κεράτων·
ῆν δ' ἀμφίπλεκτοι κλίμακες, ἦν δὲ μετώ-   520
πων ὀλόεντα
πλήγματα καὶ στόνος ἀμφοῖν.
Ἁ δ' εὐῶπις ἁβρὰ
τηλαυγεῖ παρ' ὄχθῳ
ῆστο, τὸν ὃν προσμένουσ' ἀκοίταν.   525
Ἐγὼ δὲ θατὴρ μὲν οἷα φράζω·
τὸ δ' ἀμφινείκητον ὄμμα νύμφας
ἐλεινὸν ἀμμένει <τέλος>·
κἀπὸ ματρὸς ἄφαρ βέβαχ',
ὥστε πόρτις ἐρήμα.   530

ΔΗΙΑΝΕΙΡΑ
Ἦμος, φίλαι, κατ' οἶκον ὁ ξένος θροεῖ
ταῖς αἰχμαλώτοις παισὶν ὡς ἐπ' ἐξόδῳ,

Quem irrompeu na pugna   505
plenipúlvera, pleniestraçalhante?

Vigor fluvial,
um foi, na imagem, touro cornialtivo quadrupedante,
Aqueloo de Eníades;   510
o outro, oriundo de Tebas dionísia,
brandia o arco oblongo, a lança, a clava,
prole de Zeus.
Ávidos de um mesmo tálamo, defrontam-se no círculo;
Cípris, apenas ela, deusa jubilrepousante,   515
no centro, cetro do certame.

E estrondam punhos, arco,
chifres táureos,
e, encavalados,
apartam-se,
e entestam têmporas mortíferas,   520
e a dupla grunhe.
E, outeiro acima, à margem,
a virgem belo-rosto
no trono espera o cônjuge —   525
fui testemunha ocular.
E o olhar da noiva, ambidisputado,
restava, condoído, e, num átimo,
apartam-na da mãe,
solitária novilha.   530

[Entra Dejanira]

DEJANIRA
Aproveito o momento anterior
ao retorno de Licas, que proseia

59

τῆμος θυραῖος ἦλθον ὡς ὑμᾶς λάθρᾳ,
τὰ μὲν φράσουσα χερσὶν ἀτεχνησάμην,
τὰ δ' οἷα πάσχω συγκατοικτιουμένη.　535
Κόρην γάρ, οἶμαι δ' οὐκέτ', ἀλλ' ἐζευγμένην,
παρεισδέδεγμαι, φόρτον ὥστε ναυτίλος,
λωβητὸν ἐμπόλημα τῆς ἐμῆς φρενός·
καὶ νῦν δύ' οὖσαι μίμνομεν μιᾶς ὑπὸ
χλαίνης ὑπαγκάλισμα· τοιάδ' Ἡρακλῆς,　540
ὁ πιστὸς ἡμῖν κἀγαθὸς καλούμενος,
οἰκούρι' ἀντέπεμψε τοῦ μακροῦ χρόνου.
Ἐγὼ δὲ θυμοῦσθαι μὲν οὐκ ἐπίσταμαι
νοσοῦντι κείνῳ πολλὰ τῇδε τῇ νόσῳ·
τὸ δ' αὖ ξυνοικεῖν τῇδ' ὁμοῦ τίς ἂν γυνὴ　545
δύναιτο, κοινωνοῦσα τῶν αὐτῶν γάμων;
Ὁρῶ γὰρ ἥβην τὴν μὲν ἕρπουσαν πρόσω,
τὴν δὲ φθίνουσαν· ὧν ἀφαρπάζειν φιλεῖ
ὀφθαλμὸς ἄνθος, τῶν δ' ὑπεκτρέπει πόδα·
ταῦτ' οὖν φοβοῦμαι μὴ πόσις μὲν Ἡρακλῆς　550
ἐμὸς καλῆται, τῆς νεωτέρας δ' ἀνήρ.
Ἀλλ' οὐ γάρ, ὥσπερ εἶπον, ὀργαίνειν καλὸν
γυναῖκα νοῦν ἔχουσαν· ᾗ δ' ἔχω, φίλαι,
λυτήριον λώφημα, τῇδ' ὑμῖν φράσω.
Ἦν μοι παλαιὸν δῶρον ἀρχαίου ποτὲ　555
θηρός, λέβητι χαλκέῳ κεκρυμμένον,
ὃ παῖς ἔτ' οὖσα τοῦ δασυστέρνου παρὰ
Νέσσου φθίνοντος ἐκ φονῶν ἀνειλόμην,
ὃς τὸν βαθύρρουν ποταμὸν Εὔηνον βροτοὺς
μισθοῦ πόρευε χερσίν, οὔτε πομπίμοις　560
κώπαις ἐρέσσων οὔτε λαίφεσιν νεώς.
Ὃς κἀμέ, τὸν πατρῷον ἡνίκα στόλον
ξὺν Ἡρακλεῖ τὸ πρῶτον εὖνις ἑσπόμην,
φέρων ἐπ' ὤμοις, ἡνίκ' ἦν μέσῳ πόρῳ,

com servas, para vir me abrir convosco:
debulho lágrimas, vos deixo a par
da trama que enredei com minhas mãos. 535
Não é donzela, é amante quem acolho,
igual marujo que ergue o fardo em nau,
mercância infamante à triste ânima.
As duas sob um só lençol, à espera
do amplexo. O propalado excelentíssimo 540
e confiável Héracles me deu
um tal presente, ao fim de longa ausência.
Não me enfureço ao me inteirar do caso,
pois não é de hoje que o acomete a doença.
Mas que mulher consegue partilhar 545
o mesmo teto, as núpcias que são suas?
Vejo que numa aflora a juventude
que na outra já fenece. O olhar de um homem
almeja a flor, e da outra se desvia.
Que seja meu marido só no título 550
e homem da mais jovem me aniquila!
Conforme eu disse, descontrole não
combina com mulher equilibrada.
Mencionarei o bálsamo do golpe:
um monstro antigo deu-me um dom, oculto 555
em urna brônzea. Moça, o retirei
da pústula de Nesso felpitórax
no estertor da vida. Sem a vela
e o remo das embarcações, nos braços
sobrelevava os homens que o pagassem, 560
acima do caudal do Eveno fundo.
Eu também me postei nos ombros dele,
quando meu pai mandou-me ir com Héracles
na condição de esposa. Suas frívolas

ψαύει ματαίαις χερσίν· ἐκ δ' ἤϋσ' ἐγώ,   565
χὠ Ζηνὸς εὐθὺς παῖς ἐπιστρέψας χεροῖν
ἧκεν κομήτην ἰόν· ἐς δὲ πλεύμονας
στέρνων διερροίζησεν· ἐκθνῄσκων δ' ὁ θὴρ
τοσοῦτον εἶπε· «Παῖ γέροντος Οἰνέως,
τοσόνδ' ὀνήσῃ τῶν ἐμῶν, ἐὰν πίθῃ,   570
πορθμῶν, ὁθούνεχ' ὑστάτην σ' ἔπεμψ' ἐγώ·
ἐὰν γὰρ ἀμφίθρεπτον αἷμα τῶν ἐμῶν
σφαγῶν ἐνέγκῃ χερσὶν ᾗ μελαγχόλους
ἔβαψεν ἰοὺς θρέμμα Λερναίας ὕδρας,
ἔσται φρενός σοι τοῦτο κηλητήριον   575
τῆς Ἡρακλείας, ὥστε μήτιν' εἰσιδὼν
στέρξει γυναῖκα κεῖνος ἀντὶ σοῦ πλέον.»
Τοῦτ' ἐννοήσασ', ὦ φίλαι, δόμοις γὰρ ἦν
κείνου θανόντος ἐγκεκλῃμένον καλῶς,
χιτῶνα τόνδ' ἔβαψα, προσβαλοῦσ' ὅσα   580
ζῶν κεῖνος εἶπε· καὶ πεπείρανται τάδε.
Κακὰς δὲ τόλμας μήτ' ἐπισταίμην ἐγὼ
μήτ' ἐκμάθοιμι, τάς τε τολμώσας στυγῶ.
Φίλτροις δ' ἐάν πως τήνδ' ὑπερβαλώμεθα
τὴν παῖδα καὶ θέλκτροισι τοῖς ἐφ' Ἡρακλεῖ,   585
μεμηχάνηται τοὔργον, εἴ τι μὴ δοκῶ
πράσσειν μάταιον· εἰ δὲ μή, πεπαύσομαι.

ΧΟΡΟΣ
Ἀλλ' εἴ τις ἐστὶ πίστις ἐν τοῖς δρωμένοις,
δοκεῖς παρ' ἡμῖν οὐ βεβουλεῦσθαι κακῶς.

ΔΗΙΑΝΕΙΡΑ
Οὕτως ἔχει γ' ἡ πίστις, ὡς τὸ μὲν δοκεῖν   590
ἔνεστι, πείρᾳ δ' οὐ προσωμίλησά πω.

mãos me bolinam no percurso. Urrei! 565
O filho do Cronida vira e mira
a flecha plúmea assoviante bem
no peito, perfurando-lhe os pulmões.
O monstro agonizante segredou-me:
"Filha de Eneu, aceita o prêmio da última 570
transposta em minha vida, se em mim crês:
se colhes o coágulo da úlcera,
que embebe o negro fel da flecha da hidra
lérnea, terás um filtro que retém
o coração do teu marido. Encare 575
outra mulher, jamais terá por ela
o amor que tem por ti." Foi nesse sangue,
que preservei em casa desde Nesso
morrer, foi nele, amigas, que pensei.
Nele ensopei a túnica, seguindo 580
à risca as instruções. Fiz isso, sim!
Rompantes de vilã sequer desejo
um dia conhecer. Vilipendio
mulher que lance mão de tais ardis,
mas se a vencer com filtros que enfeiticem 585
Héracles, chega ao fim o que maquino...
Suspendo o plano se soar soez.

CORO

Se no teu plano tens total confiança,
longe de nós o esboço de uma crítica.

DEJANIRA

Me fio tão só no que parece ser, 590
pois que eu ainda nada pus à prova.

ΧΟΡΟΣ

Άλλ᾽ εἰδέναι χρὴ δρῶσαν, ὡς οὐδ᾽ εἰ δοκεῖς
ἔχειν ἔχοις ἂν γνῶμα, μὴ πειρωμένη.

ΔΗΙΑΝΕΙΡΑ

Άλλ᾽ αὐτίκ᾽ εἰσόμεσθα, τόνδε γὰρ βλέπω
θυραῖον ἤδη· διὰ τάχους δ᾽ ἐλεύσεται.   595
Μόνον παρ᾽ ὑμῶν εὖ στεγοίμεθ᾽· ὡς σκότῳ
κἂν αἰσχρὰ πράσσῃς, οὔποτ᾽ αἰσχύνῃ πεσῇ.

ΛΙΧΑΣ

Τί χρὴ ποεῖν; σήμαινε, τέκνον Οἰνέως,
ὡς ἐσμὲν ἤδη τῷ μακρῷ χρόνῳ βραδεῖς.

ΔΗΙΑΝΕΙΡΑ

Άλλ᾽ αὐτὰ δή σοι ταῦτα καὶ πράσσω, Λίχα,   600
ἕως σὺ ταῖς ἔσωθεν ἠγορῶ ξέναις,
ὅπως φέρῃς μοι τόνδε ταναϋφῆ πέπλον
δώρημ᾽ ἐκείνῳ τἀνδρὶ τῆς ἐμῆς χερός.
Διδοὺς δὲ τόνδε φράζ᾽ ὅπως μηδεὶς βροτῶν
κείνου πάροιθεν ἀμφιδύσεται χροΐ,   605
μηδ᾽ ὄψεταί νιν μήτε φέγγος ἡλίου
μήθ᾽ ἕρκος ἱερὸν μήτ᾽ ἐφέστιον σέλας,
πρὶν κεῖνος αὐτὸν φανερὸς ἐμφανῶς σταθεὶς
δείξῃ θεοῖσιν ἡμέρᾳ ταυροσφάγῳ.
Οὕτω γὰρ ηὔγμην, εἴ ποτ᾽ αὐτὸν ἐς δόμους   610
ἴδοιμι σωθέντ᾽ ἢ κλύοιμι πανδίκως,
στελεῖν χιτῶνι τῷδε καὶ φανεῖν θεοῖς
θυτῆρα καινῷ καινὸν ἐν πεπλώματι.
Καὶ τῶνδ᾽ ἀποίσεις σῆμ᾽, ὃ κεῖνος εὐμαθὲς
σφραγῖδος ἕρκει τῷδ᾽ ἐπὸν μαθήσεται.   615

CORO

Só saberás fazendo. O certo não
é o que parece certo, sem que o teste.

DEJANIRA

Em breve saberemos, pois já avisto
Licas partindo diante do portal.   595
Oculta o assunto! O que se faz à sombra,
mesmo se o feito é vil, não te envilece.

    [Entra Licas]

LICAS

Filha de Eneu, aguardo as instruções,
pois já me demorei mais que o devido.

DEJANIRA

Enquanto conversavas com as moças,   600
cuidei dos últimos preparativos:
hás de levar o peplo roçagante
a meu marido, um dom de minha lavra!
Ordeno que o consignes com o aviso
de mais ninguém vesti-lo antes de Héracles.   605
Fulgor do sol não descortine a túnica,
nem chispa da lareira, sacro espaço,
antes que, em pé, à luz, iluminado
a mostre na jornada taurofágica
aos deuses. Prometi que se o avistasse   610
com vida em casa ou se o soubesse vivo,
na túnica o exibiria aos numes,
neo-sacrificador em peplo novo.
Serás o portador do *sema*, signo
que ele divisa no bisel do selo.   615

Ἀλλ' ἕρπε καὶ φύλασσε πρῶτα μὲν νόμον,
τὸ μὴ 'πιθυμεῖν πομπὸς ὢν περισσὰ δρᾶν·
ἔπειθ' ὅπως ἂν ἡ χάρις κείνου τέ σοι
κἀμοῦ ξυνελθοῦσ' ἐξ ἁπλῆς διπλῆ φανῇ.

ΛΙΧΑΣ

Ἀλλ' εἴπερ Ἑρμοῦ τήνδε πομπεύω τέχνην   620
βέβαιον, οὔ τοι μὴ σφαλῶ γ' ἐν σοί ποτε,
τὸ μὴ οὐ τόδ' ἄγγος ὡς ἔχει δεῖξαι φέρων
λόγων τε πίστιν ὧν ἔχεις ἐφαρμόσαι.

ΔΗΙΑΝΕΙΡΑ

Στείχοις ἂν ἤδη· καὶ γὰρ ἐξεπίστασαι
τά γ' ἐν δόμοισιν ὡς ἔχοντα τυγχάνει.   625

ΛΙΧΑΣ

Ἐπίσταμαί τε καὶ φράσω σεσωσμένα.

ΔΗΙΑΝΕΙΡΑ

Ἀλλ' οἶσθα μὲν δὴ καὶ τὰ τῆς ξένης ὁρῶν
προσδέγματ', αὐτὴν ὡς ἐδεξάμην φίλως.

ΛΙΧΑΣ

Ὥστ' ἐκπλαγῆναι τοὐμὸν ἡδονῇ κέαρ.

ΔΗΙΑΝΕΙΡΑ

Τί δῆτ' ἂν ἄλλο γ' ἐννέποις; δέδοικα γὰρ   630
μὴ πρῷ λέγοις ἂν τὸν πόθον τὸν ἐξ ἐμοῦ,
πρὶν εἰδέναι τἀκεῖθεν εἰ ποθούμεθα.

Pensa que a diretriz do mensageiro
é envidar esforço na missão!
Não deixes de considerar que além
do meu hás de granjear seu galardão.

LICAS

Se sair-me a contento na arte de Hermes,   620
hei de levar a cabo o que me ordenas:
o cofre, o deposito em suas mãos,
sem me esquecer do zelo da instrução.

DEJANIRA

Sabes a situação em que seu lar
se encontra. Podes ir, portanto, já.   625

LICAS

Sei e direi que reina paz no paço.

DEJANIRA

Tampouco ignoras quanto fui afável
com a estrangeira ao recebê-la em casa.

LICAS

O que me encheu o coração de júbilo.

DEJANIRA

Não tenho nada a acrescentar. Eu temo   630
ser prematuro reafirmar que o amo
antes de conhecer seu sentimento.

   [Saem Licas e Dejanira]

ΧΟΡΟΣ

Ὦ ναύλοχα καὶ πετραῖα
θερμὰ λουτρὰ καὶ πάγους
Οἴτας παραναιετάοντες, οἵ τε μέσσαν   635
Μηλίδα πὰρ λίμναν,
χρυσαλακάτου τ᾽ ἀκτὰν Κόρας,
ἔνθ᾽ Ἑλλάνων ἀγοραὶ
Πυλάτιδες κλέονται,

ὁ καλλιβόας τάχ᾽ ὑμῖν   640
αὐλὸς οὐκ ἀναρσίαν
ἀχῶν καναχὰν ἐπάνεισιν,
ἀλλὰ θείας ἀντίλυρον μούσας.
Ὁ γὰρ Διός, Ἀλκμήνας κόρος,
σεῦται πάσας ἀρετᾶς
λάφυρ᾽ ἔχων ἐπ᾽ οἴκους·   645

ὃν ἀπόπτολιν εἴχομεν παντᾶ
δυοκαιδεκάμηνον ἀμμένουσαι
χρόνον, πελάγιον, ἴδριες οὐ-
δέν· ἁ δέ οἱ φίλα δάμαρ
τάλαινα‹ν› δυστάλαινα καρδίαν   650
πάγκλαυτος αἰὲν ὤλλυτο·
νῦν δ᾽ Ἄρης οἰστρηθεὶς ἐξέλυσ᾽
ἐπιπόνων ἀμερᾶν.

Ἀφίκοιτ᾽ ἀφίκοιτο· μὴ σταίη   655
πολύκωπον ὄχημα ναὸς αὐτῷ,
πρὶν τάνδε πρὸς πόλιν ἀνύσει-
ε, νασιῶτιν ἑστίαν
ἀμείψας, ἔνθα κλῄζεται θυτήρ·
ὅθεν μόλοι πανίμερος,   660

CORO

Moradores dos portos e dos mananciais
petreossulfúreos
e dos outeiros do Eta   635
e do golfo mélida (região central)
e do litoral da virgem ouridardejante,
palco do afamado Conselho dos Pórticos,
onde os gregos se congregam,

não tarda a tornar   640
o docitimbre da flauta,
desafeita ao tom destoante,
símile à lira da musa divina:
o louro de lauréis sublimes
é o que traz o filho de Alcmena e Zeus,
veloz, de volta ao lar.   645

Doze meses de espera delongados,
em total desinformação de seu périplo
no pélago.
A dama gamada,   650
âmago amargurado,
esmorecia, esmorecia em mar de lágrimas.
Mas Ares, agora, acúleoaçulado,
dissipou seus dias acídulos!

Torne, retorne o quanto antes!   655
Não cesse a nave plurirreme que o traz,
até que alcance a pólis, sua pólis,
a ínsula do altar deixada para trás,
onde (dizem) sacrifica!
Chegue, pleniafetuoso,   660

τῷ Πειθοῦς παγχρίστῳ συγκραθεὶς
ἐπὶ προφάνσει θηρός.

ΔΗΙΑΝΕΙΡΑ

Γυναῖκες, ὡς δέδοικα μὴ περαιτέρω
πεπραγμέν' ᾖ μοι πάνθ' ὅσ' ἀρτίως ἔδρων.

ΧΟΡΟΣ

Τί δ' ἔστι, Δηάνειρα, τέκνον Οἰνέως; 665

ΔΗΙΑΝΕΙΡΑ

Οὐκ οἶδ'· ἀθυμῶ δ' εἰ φανήσομαι τάχα
κακὸν μέγ' ἐκπράξασ' ἀπ' ἐλπίδος καλῆς.

ΧΟΡΟΣ

Οὐ δή τι τῶν σῶν Ἡρακλεῖ δωρημάτων;

ΔΗΙΑΝΕΙΡΑ

Μάλιστά γ'· ὥστε μήποτ' ἂν προθυμίαν
ἄδηλον ἔργου τῳ παραινέσαι λαβεῖν. 670

ΧΟΡΟΣ

Δίδαξον, εἰ διδακτόν, ἐξ ὅτου φοβῇ.

ΔΗΙΑΝΕΙΡΑ

Τοιοῦτον ἐκβέβηκεν οἷον, ἢν φράσω,
γυναῖκες, ὑμῖν, θαῦμ' ἀνέλπιστον μαθεῖν.
Ὧι γὰρ τὸν ἐνδυτῆρα πέπλον ἀρτίως
ἔχριον ἀργῆτ', οἷος εὐείρῳ πόκῳ, 675
τοῦτ' ἠφάνισται διάβορον πρὸς οὐδενὸς.
τῶν ἔνδον, ἀλλ' ἐδεστὸν ἐξ αὑτοῦ φθίνει,

ungido com unguento de Persuasão,
conforme predição centáurea.

[Entra Dejanira]

DEJANIRA
Meu medo é ter ultrapassado os lindes
do razoável no que fiz há pouco.

CORO
A que tu te referes, Dejanira?   665

DEJANIRA
Imbuída na melhor das intenções,
receio ter causado uma catástrofe.

CORO
Referes o presente enviado a Héracles?

DEJANIRA
Exatamente! Não exortaria
alguém a se entregar a um ato às cegas.   670

CORO
Explica, explicável for, teu medo.

DEJANIRA
Se conseguir, relatarei um caso
que o termo insólito define bem.
Sumiu a mecha branca de uma ovelha,
com que sovei o peplo que enviei-lhe;   675
ninguém a devorou num dos recintos,
mas em si mesma se esvaiu lajedo

καὶ ψῇ κατ' ἄκρας σπιλάδος· ὡς δ' εἰδῇς ἅπαν
ᾖ τοῦτ' ἐπράχθη, μεῖζον' ἐκτενῶ λόγον.
Ἐγὼ γὰρ ὧν ὁ θήρ με Κένταυρος πονῶν   680
πλευρὰν πικρᾷ γλωχῖνι προὐδιδάξατο,
παρῆκα θεσμῶν οὐδέν, ἀλλ' ἐσῳζόμην,
χαλκῆς ὅπως δύσνιπτον ἐκ δέλτου γραφήν.
Καί μοι τάδ' ἦν πρόρρητα καὶ τοιαῦτ' ἔδρων·
τὸ φάρμακον τοῦτ' ἄπυρον ἀκτῖνός τ' ἀεὶ   685
θερμῆς ἄθικτον ἐν μυχοῖς σῴζειν ἐμέ,
ἕως νιν ἀρτίχριστον ἁρμόσαιμί που.
Κἄδρων τοιαῦτα· νῦν δ', ὅτ' ἦν ἐργαστέον,
ἔχρισα μὲν κατ' οἶκον ἐν δόμοις κρυφῇ
μαλλῷ, σπάσασα κτησίου βοτοῦ λάχνην,   690
κἄθηκα συμπτύξασ' ἀλαμπὲς ἡλίου
κοίλῳ ζυγάστρῳ δῶρον, ὥσπερ εἴδετε.
Εἴσω δ' ἀποστείχουσα δέρκομαι φάτιν
ἄφραστον, ἀξύμβλητον ἀνθρώπῳ μαθεῖν.
Τὸ γὰρ κάταγμα τυγχάνω ῥίψασά πως   695
τῆς οἰὸς ᾧ προὔχριον ἐς μέσην φλόγα,
ἀκτῖν' ἐς ἡλιῶτιν· ὡς δ' ἐθάλπετο,
ῥεῖ πᾶν ἄδηλον καὶ κατέψηκται χθονί,
μορφῇ μάλιστ' εἰκαστὸν ὥστε πρίονος
ἐκβρώματ' ἂν βλέψειας ἐν τομῇ ξύλου.   700
Τοιόνδε κεῖται προπετές· ἐκ δὲ γῆς ὅθεν
προὔκειτ' ἀναζέουσι θρομβώδεις ἀφροί,
γλαυκῆς ὀπώρας ὥστε πίονος ποτοῦ
χυθέντος εἰς γῆν Βακχίας ἀπ' ἀμπέλου.
Ὥστ' οὐκ ἔχω τάλαινα ποῖ γνώμης πέσω,   705
ὁρῶ δ' ἔμ' ἔργον δεινὸν ἐξειργασμένην.
Πόθεν γὰρ ἄν ποτ', ἀντὶ τοῦ θνῄσκων ὁ θὴρ
ἐμοὶ παρέσχ' εὔνοιαν, ἧς ἔθνῃσχ' ὕπερ;
οὐκ ἔστιν· ἀλλὰ τὸν βαλόντ' ἀποφθίσαι

acima consumindo-se. Desejo
deixar-te a par da história desde o início:
cumpri o que o Centauro decretou-me 680
agonizante com a lança à pleura,
sem me esquecer de nada, como um édito
irrasurável sobre placa brônzea.
Escuta as instruções que pus em prática:
manter o fármaco em lugar absconso, 685
longe do fogo e rútilo solar,
até, recém-ungido, ser usado.
Foi o que fiz. Urgia agir: entrei
em casa, sorrateira pelos cômodos,
portando a mecha de uma rês doméstica; 690
untei o dom, dobrei e o pus, à sombra,
no côncavo do estojo que mirastes.
Reentrei e deparei-me com o que
é duro de explicar racionalmente:
submeti por acaso ao sol ardente 695
parte da lã que utilizei na unção:
aquenta, esfuma, se dispersa sobre
o solo onde o montículo parece
poeira de serragem que se vê
no corte da madeira. Ei-lo jazente 700
e do terreno em que jazia brotam
gotículas espúmeas, como quando
alguém derrama ao chão o mosto grosso
da fruta verdeazul da vinha báquica.
Em qual dos pensamentos me concentro? 705
Constato ser autora de obra hórrida!
Por que a fera no estertor da vida
seria generosa com o algoz?
Descarto a hipótese, pois me enganou,

χρῄζων ἔθελγέ μ'· ὧν ἐγὼ μεθύστερον, 710
ὅτ' οὐκέτ' ἀρκεῖ, τὴν μάθησιν ἄρνυμαι.
Μόνη γὰρ αὐτόν, εἴ τι μὴ ψευσθήσομαι
γνώμης, ἐγὼ δύστηνος ἐξαποφθερῶ·
τὸν γὰρ βαλόντ' ἄτρακτον οἶδα καὶ θεόν,
Χείρωνα πημήναντα, χὦνπερ ἂν θίγῃ 715
φθείρει τὰ πάντα κνώδαλ'· ἐκ δὲ τοῦδ' ὅδε
σφαγῶν διελθὼν ἰὸς αἵματος μέλας
πῶς οὐκ ὀλεῖ καὶ τόνδε; δόξῃ γοῦν ἐμῇ.
Καίτοι δέδοκται, κεῖνος εἰ σφαλήσεται,
ταύτῃ σὺν ὁρμῇ κἀμὲ συνθανεῖν ἅμα· 720
ζῆν γὰρ κακῶς κλύουσαν οὐκ ἀνασχετόν,
ἥτις προτιμᾷ μὴ κακὴ πεφυκέναι.

ΧΟΡΟΣ
Ταρβεῖν μὲν ἔργα δείν' ἀναγκαίως ἔχει,
τὴν δ' ἐλπίδ' οὐ χρὴ τῆς τύχης κρίνειν πάρος.

ΔΗΙΑΝΕΙΡΑ
Οὐκ ἔστιν ἐν τοῖς μὴ καλοῖς βουλεύμασιν 725
οὐδ' ἐλπὶς ἥτις καὶ θράσος τι προξενεῖ.

ΧΟΡΟΣ
Ἀλλ' ἀμφὶ τοῖς σφαλεῖσι μὴ 'ξ ἑκουσίας
ὀργὴ πέπειρα, τῆς σε τυγχάνειν πρέπει.

ΔΗΙΑΝΕΙΡΑ
Τοιαῦτα δ' ἂν λέξειεν οὐχ ὁ τοῦ κακοῦ
κοινωνός, ἀλλ' ᾧ μηδέν ἐστ' οἴκοι βαρύ. 730

ΧΟΡΟΣ
Σιγᾶν ἂν ἁρμόζοι σε τὸν πλείω λόγον,

querendo eliminar seu matador. 710
Tardou-me constatar o incontornável.
Se não me engano a mim em pensamento,
sou responsável pela morte de Héracles.
Quiron, um deus, morreu da mesma flecha
que dizima animais em que resvala. 715
Negra poção de sangue purulento
de Nesso, como não fulmina Héracles?
Não há motivo para duvidá-lo.
Decido: se o consorte se consome,
sucumbirei à idêntica lufada. 720
Quem não aceita a pecha de ente vil,
suporta mal a vida em que a difamem.

CORO

Não erra quem temer o horror, mas só
o fato mostrará se a espera é certa.

DEJANIRA

Não há esperança que nos propicie 725
alívio mínimo, se o plano é torpe.

CORO

As gentes sabem abrandar a cólera
se o erro, como o teu, é involuntário.

DEJANIRA

Quem convive com mal não fala assim,
mas só quem desconhece a agrura em casa. 730

CORO

Sugiro que controles tuas palavras,

εἰ μή τι λέξεις παιδὶ τῷ σαυτῆς· ἐπεὶ
πάρεστι μαστὴρ πατρὸς ὃς πρὶν ᾤχετο.

ΥΛΛΟΣ

Ὦ μῆτερ, ὡς ἂν ἐκ τριῶν σ᾽ ἓν εἱλόμην,
ἢ μηκέτ᾽ εἶναι ζῶσαν, ἢ σεσωσμένην   735
ἄλλου κεκλῆσθαι μητέρ᾽, ἢ λῴους φρένας
τῶν νῦν παρουσῶν τῶνδ᾽ ἀμείψασθαί ποθεν.

ΔΗΙΑΝΕΙΡΑ

Τί δ᾽ ἐστίν, ὦ παῖ, πρός γ᾽ ἐμοῦ στυγούμενον;

ΥΛΛΟΣ

Τὸν ἄνδρα τὸν σὸν ἴσθι, τὸν δ᾽ ἐμὸν λέγω
πατέρα, κατακτείνασα τῇδ᾽ ἐν ἡμέρᾳ.   740

ΔΗΙΑΝΕΙΡΑ

Οἴμοι, τίν᾽ ἐξήνεγκας, ὦ τέκνον, λόγον;

ΥΛΛΟΣ

Ὃν οὐχ οἷόν τε μὴ τελεσθῆναι· τὸ γὰρ
φανθὲν τίς ἂν δύναιτ᾽ <ἂν> ἀγένητον ποεῖν;

ΔΗΙΑΝΕΙΡΑ

Πῶς εἶπας, ὦ παῖ; τοῦ πάρ᾽ ἀνθρώπων μαθὼν
ἄζηλον οὕτως ἔργον εἰργάσθαι με φής;   745

ΥΛΛΟΣ

Αὐτὸς βαρεῖαν ξυμφορὰν ἐν ὄμμασιν
πατρὸς δεδορκὼς κοὐ κατὰ γλῶσσαν κλύων.

se não pretendes que teu filho as ouça,
em seu retorno da procura ao pai.

[Entra Hilo]

HILO

Pudera eu escolher entre a), b), c):
a) que não mais vivesses; b) que, viva,   735
fosses mãe de outro; c) tivesses tido
um coração melhor do que possuis!

DEJANIRA

Que feito meu provoca o ódio estígio?

HILO

Deves saber que assassinaste hoje
o teu marido, isto é, quem foi meu pai.   740

DEJANIRA

Mas que palavra te escapou da boca?

HILO

Palavra irreversível, pois não há
o que possa mudar o acontecido.

DEJANIRA

Não entendi. Quem foi que te informou
sobre essa ação cruel que a mim imputas?   745

HILO

Testemunhei eu mesmo pessoalmente
o revés de meu pai. Ninguém me disse.

ΔΗΙΑΝΕΙΡΑ

Ποῦ δ' ἐμπελάζεις τἀνδρὶ καὶ παρίστασαι;

ΥΛΛΟΣ

Εἰ χρὴ μαθεῖν σε, πάντα δὴ φωνεῖν χρεών.
Ὅθ' εἷρπε κλεινὴν Εὐρύτου πέρσας πόλιν,   750
νίκης ἄγων τροπαῖα κἀκροθίνια,
ἀκτή τις ἀμφίκλυστος Εὐβοίας ἄκρον
Κήναιον ἔστιν, ἔνθα πατρῴῳ Διὶ
βωμοὺς ὁρίζει τεμενίαν τε φυλλάδα·
οὗ νιν τὰ πρῶτ' ἐσεῖδον ἄσμενος πόθῳ.   755
Μέλλοντι δ' αὐτῷ πολυθύτους τεύχειν σφαγὰς
κῆρυξ ἀπ' οἴκων ἵκετ' οἰκεῖος Λίχας,
τὸ σὸν φέρων δώρημα, θανάσιμον πέπλον·
ὃν κεῖνος ἐνδύς, ὡς σὺ προὐξεφίεσο,
ταυροκτονεῖ μὲν δώδεκ' ἐντελεῖς ἔχων   760
λείας ἀπαρχὴν βοῦς· ἀτὰρ τὰ πάνθ' ὁμοῦ
ἑκατὸν προσῆγε συμμιγῆ βοσκήματα.
Καὶ πρῶτα μὲν δείλαιος ἵλεῳ φρενὶ
κόσμῳ τε χαίρων καὶ στολῇ κατηύχετο·
ὅπως δὲ σεμνῶν ὀργίων ἐδαίετο   765
φλὸξ αἱματηρὰ κἀπὸ πιείρας δρυός,
ἱδρὼς ἀνῄει χρωτὶ καὶ προσπτύσσετο
πλευραῖσιν ἀρτίκολλος, ὥστε τέκτονος,
χιτὼν ἅπαν κατ' ἄρθρον· ἦλθε δ' ὀστέων
ὀδαγμὸς ἀντίσπαστος· εἶτα φοινίας   770
ἐχθρᾶς ἐχίδνης ἰὸς ὣς ἐδαίνυτο.
Ἐνταῦθα δὴ βόησε τὸν δυσδαίμονα
Λίχαν, τὸν οὐδὲν αἴτιον τοῦ σοῦ κακοῦ,
ποίαις ἐνέγκοι τόνδε μηχαναῖς πέπλον·
ὁ δ' οὐδὲν εἰδὼς δύσμορος τὸ σὸν μόνης   775
δώρημ' ἔλεξεν, ὥσπερ ἦν ἐσταλμένον.

DEJANIRA
Onde o achaste a fim de acompanhá-lo?

HILO
Direi o que haverás de conhecer:
trazia butim, troféus de triunfo da urbe 750
famosa de Êurito, recém-ruída.
Na penha abrupta eubeia circunlíquida,
fica o Ceneu, um promontório onde
delimitou o altar e a brenha sacra
a Zeus. Foi onde, em júbilo, o revi. 755
Já prestes a imolar as plurivítimas,
o núncio Licas veio do solar
com teu presente, o peplo morticida.
Meu pai, atento às instruções, vestiu-o,
para sacrificar os doze touros, 760
primícias do butim. Conduz até
o altar as reses, num total de cem,
emaranhadas. Retomou a prece,
sorrindo no vestuário recamado.
Mas quando, tom de sangue, a chispa enrubra, 765
combusta na resina de madeira,
brota o suor da pele e o peplo prega
na pleura, membro a membro a membro... símile
à roupa de um obreiro. O frenesi
do morso vem dos ossos, que o deglute 770
feito peçonha de uma serpe sórdida.
Aos urros, criva o arauto de perguntas,
um inocente útil de teu crime,
que plano havia por detrás do pano.
Mas o sem-moira repetia ser 775
o portador de um dom de que eras dona.

Κἀκεῖνος ὡς ἤκουσε καὶ διώδυνος
σπαραγμὸς αὐτοῦ πλευμόνων ἀνθήψατο,
μάρψας ποδός νιν ἄρθρον ᾗ λυγίζεται
ῥιπτεῖ πρὸς ἀμφίκλυστον ἐκ πόντου πέτραν· 780
κόμης δὲ λευκὸν μυελὸν ἐκραίνει, μέσου
κρατὸς διασπαρέντος αἵματός θ' ὁμοῦ.
Ἅπας δ' ἀνηυφήμησεν οἰμωγῇ λεώς,
τοῦ μὲν νοσοῦντος, τοῦ δὲ διαπεπραγμένου·
κοὐδεὶς ἐτόλμα τἀνδρὸς ἀντίον μολεῖν. 785
Ἐσπᾶτο γὰρ πέδονδε καὶ μετάρσιος
βοῶν, ἰύζων· ἀμφὶ δ' ἐκτύπουν πέτραι,
Λοκρῶν ὄρειοι πρῶνες Εὐβοίας τ' ἄκραι.
Ἐπεὶ δ' ἀπεῖπε, πολλὰ μὲν τάλας χθονὶ
ῥιπτῶν ἑαυτόν, πολλὰ δ' οἰμωγῇ βοῶν, 790
τὸ δυσπάρευνον λέκτρον ἐνδατούμενος
σοῦ τῆς ταλαίνης, καὶ τὸν Οἰνέως γάμον
οἷον κατακτήσαιτο λυμαντὴν βίου,
τότ' ἐκ προσέδρου λιγνύος διάστροφον
ὀφθαλμὸν ἄρας εἶδέ μ' ἐν πολλῷ στρατῷ 795
δακρυρροοῦντα, καί με προσβλέψας καλεῖ·
«Ὦ παῖ, πρόσελθε, μὴ φύγῃς τοὐμὸν κακόν,
μηδ' εἴ σε χρὴ θανόντι συνθανεῖν ἐμοί·
ἀλλ' ἆρον ἔξω, καὶ μάλιστα μέν με θὲς
ἐνταῦθ' ὅπου με μή τις ὄψεται βροτῶν· 800
εἰ δ' οἶκτον ἴσχεις, ἀλλά μ' ἔκ γε τῆσδε γῆς
πόρθμευσον ὡς τάχιστα, μηδ' αὐτοῦ θάνω.»
Τοσαῦτ' ἐπισκήψαντος, ἐν μέσῳ σκάφει
θέντες σφε πρὸς γῆν τήνδ' ἐκέλσαμεν μόλις
βρυχώμενον σπασμοῖσι· καί νιν αὐτίκα 805
ἢ ζῶντ' ἐσόψεσθ' ἢ τεθνηκότ' ἀρτίως.
Τοιαῦτα, μῆτερ, πατρὶ βουλεύσασ' ἐμῷ
καὶ δρῶσ' ἐλήφθης, ὧν σε ποίνιμος Δίκη

Transdói um rasgo nos pulmões de Héracles
que o ouve. Incontinente, pega os pés
de Licas, onde a junta inflecte, e o arroja
à pedra circum(exsurgente)oceânica: 780
o miolo escorre branco dos cabelos
e o crânio se derrama pelo sangue.
E a turbamulta ulula de paúra
na frente de um insano e de um cadáver!
Quem tinha peito de encarar meu pai?   785
Arremessou-se ao chão; no ar, o ronco
do rancor, e os rochedos percutiam-no
e os montes pronos lócrios, grimpa eubeia.
Na estafa de seus múltiplos arrojos,
na estafa de seus múltiplos bramidos,   790
dizia-se enojado do consórcio
contigo, mísera, que a Eneu, teu pai,
rendera dividendos... antivida.
Soergue da fumaça o olhar turbado
e dá comigo em meio à turbamulta.   795
Às lágrimas, fixou-se-me ao dizer:
"Não te amedronte o mal que me vitima,
mesmo que amealhes morte igual à minha!
Ajuda-me a ficar em pé e deixa-me
em algum ponto em que não haja alguém!   800
Piedoso, não demores a levar-me
deste lugar: que eu morra em outras plagas!"
Foi seu pedido. Posto na carena,
espasmouivante, bordejamos perto,
a duras penas. Logo poderá   805
ser visto, vivo ou recém-morto. O plano
e sua execução tem uma só
autora. Que a Justiça, *Dike* ultriz,

τείσαιτ᾽ Ἐρινύς τ᾽· εἰ θέμις δ᾽, ἐπεύχομαι·
θέμις δ᾽, ἐπεί μοι τὴν θέμιν σὺ προὔβαλες, 810
πάντων ἄριστον ἄνδρα τῶν ἐπὶ χθονὶ
κτείνασ᾽, ὁποῖον ἄλλον οὐκ ὄψει ποτέ.

ΧΟΡΟΣ

Τί σῖγ᾽ ἀφέρπεις; οὐ κάτοισθ᾽ ὁθούνεκα
ξυνηγορεῖς σιγῶσα τῷ κατηγόρῳ;

ΥΛΛΟΣ

Ἐᾶτ᾽ ἀφέρπειν· οὖρος ὀφθαλμῶν ἐμῶν 815
αὐτῇ γένοιτ᾽ ἄπωθεν ἑρπούσῃ καλῶς·
ὄγκον γὰρ ἄλλως ὀνόματος τί δεῖ τρέφειν
μητρῷον, ἥτις μηδὲν ὡς τεκοῦσα δρᾷ;
Ἀλλ᾽ ἑρπέτω χαίρουσα· τὴν δὲ τέρψιν ἣν
τὠμῷ δίδωσι πατρί, τήνδ᾽ αὐτὴ λάβοι. 820

ΧΟΡΟΣ

Ἴδ᾽ οἷον, ὦ παῖδες, προσέμειξεν ἄφαρ
τοὔπος τὸ θεοπρόπον ἡμῖν
τᾶς παλαιφάτου προνοίας,
ὅ τ᾽ ἔλακεν, ὁπότε τελεόμηνος ἐκφέροι
δωδέκατος ἄροτος, ἀναδοχὰν τελεῖν πόνων 825
τῷ Διὸς αὐτόπαιδι·
καὶ τάδ᾽ ὀρθῶς ἔμπεδα
κατουρίζει. Πῶς γὰρ ἂν ὁ μὴ λεύσσων
ἔτι ποτ᾽ ἔτ᾽ ἐπίπονον ἔχοι θανὼν λατρείαν; 830

Εἰ γάρ σφε Κενταύρου φονίᾳ νεφέλᾳ
χρίει δολοποιὸς ἀνάγκα

te puna com a Erínia, pois é lícito
clamar por Licitude se é ilícito   810
o que fizeste, massacrando um ás,
igual a quem não hás de achar jamais!

    [Sai Dejanira]

CORO
Por que partir silenciosamente?
Teu silêncio reforçará as suspeitas.

HILO
Deixai que suma! Vendaval favônio,   815
conduze-a para onde eu não a veja!
Por que manter a denominação
de mater se age contra quem pariu?
Passe bem, até logo! Possa obter
prazer igual ao concedido a Héracles!   820

    [Sai Hilo]

CORO
É perceptível, moças,
por que meandros se nos cumpre
o palavreado profético do vaticínio de outrora?
Ao desfecho dos meses no ano décimo segundo,
o filho, não outro!, do Cronida,   825
concluiria o rol de seus lavores.
E a aragem reta erige o fim:
tolhido de visão, morto,
como suportaria o fardo servil?   830

Se o centauro, num ditame de solércia,
em névoa nefária,

πλευρά, προστακέντος ἰοῦ,
ὃν τέκετο θάνατος, ἔτρεφε δ' αἰόλος δράκων,
πῶς ὅδ' ἂν ἀέλιον ἕτερον ἢ τανῦν ἴδοι,   835
δεινοτάτῳ μὲν ὕδρας
προστετακὼς
φάσματι, μελαγχαίτα τ'
ἄμμιγά νιν αἰκίζει
φόνια δολιόμυ-
θα κέντρ' ἐπιζέσαντα;   840

῾Ὧν ἅδ' ἁ τλάμων ἄοκνος
μεγάλαν προσορῶσα δόμοις βλάβαν
νέων ἀϊσσόντων γάμων, τὰ μὲν οὔτι
προσέβαλεν, τὰ δ' ἀπ' ἀλλόθρου
γνώμας μολόντ' ὀλεθρίαις‹ι› συναλλαγαῖς   845
ἦ που ὀλοὰ στένει,
ἦ που ἀδινῶν χλωρὰν
τέγγει δακρύων ἄχναν.
Ἁ δ' ἐρχομένα μοῖρα προφαίνει δολί-
αν καὶ μεγάλαν ἄταν.   850

Ἔρρωγεν παγὰ δακρύων,
κέχυται νόσος, ὦ πόποι, οἷον ‹ἐξ›
ἀναρσίων οὔπω ‹ποτ' ἄνδρ'› ἀγακλειτὸν
ἐπέμολε‹ν› πάθος οἰκτίσαι.   855
Ἰὼ κελαινὰ λόγχα προμάχου δορός,
ἃ τότε θοὰν νύμφαν
ἄγαγες ἀπ' αἰπεινᾶς
τάνδ' Οἰχαλίας αἰχμᾷ.
Ἁ δ' ἀμφίπολος Κύπρις ἄναυδος φανε-   860
ρὰ τῶνδ' ἐφάνη πράκτωρ.

resvala a pleura e instila peçonha
que Tânatos gerou,
que o drago furtacor gerou,   835
como lograria o vislumbre solar
além do tão só agora,
se o consome o horror fantasmagórico
da hidra?
(Fere-o, ademais, Nesso, negricoma dolofalaz,
cujo dardo referve em sangue).   840

Disso a pobre mulher só foi capaz de perceber
o portento desastroso das núpcias novas
assediando a morada;
parte não captava;
parte proveio do aconselhamento adverso   845
de uma confluência fatal.
Ela, infeliz, lamenta,
ela verte o verdor cloroso que eflui do pranto pungente.
O fado que avizinha desvela
a magnitude da fraude que arruína.   850

Lágrimas aos borbotões!
Difunde-se a moléstia, ai!
Sofrer assim lamentável, nunca antes,
nem os adversários impingiram no corpo ínclito.   855
Ai, negrilâmina de lança pugnaz,
cujo acme conduziu um dia a noiva
célere
da Ecália íngreme!
E Cípris... ancila silente...   860
disso tudo... a autora... à luz reluz.

ΗΜΙΧΟΡΙΟΝ Α

Πότερον ἐγὼ μάταιος, ἢ κλύω τινὸς
οἴκτου δι᾽ οἴκων ἀρτίως ὁρμωμένου;
Τί φημί·   865

ΗΜΙΧΟΡΙΟΝ Β

Ἠχεῖ τις οὐκ ἄσημον, ἀλλὰ δυστυχῆ
κωκυτὸν εἴσω, καί τι καινίζει στέγη.

ΧΟΡΟΣ

Ξύνες δὲ
τήνδ᾽ ὡς ἀήθης καὶ συνωφρυωμένη
χωρεῖ πρὸς ἡμᾶς γραῖα σημαίνουσά τι.   870

ΤΡΟΦΟΣ

Ὦ παῖδες, ὡς ἄρ᾽ ἡμὶν οὐ σμικρῶν κακῶν
ἦρξεν τὸ δῶρον Ἡρακλεῖ τὸ πόμπιμον.

ΧΟΡΟΣ

Τί δ᾽, ὦ γεραιά, καινοποιηθὲν λέγεις;

ΤΡΟΦΟΣ

Βέβηκε Δηάνειρα τὴν πανυστάτην
ὁδῶν ἁπασῶν ἐξ ἀκινήτου ποδός.   875

ΧΟΡΟΣ

Οὐ δή ποθ᾽ ὡς θανοῦσα;

ΤΡΟΦΟΣ

                    Πάντ᾽ ἀκήκοας.

HEMICORO 1

Foi impressão ou acabei de ouvir
um lamento ecoando casa adentro?
O que seria?   865

HEMICORO 2

Não é um eco oco, mas o choro
do revés. Algo novo ocorre lá.

[Entra a nutriz]

CORO

Olha
a anciã que vem aqui acabrunhada
e circunspecta! O que nos anuncia?   870

NUTRIZ

A dor não é menosprezável, moças,
que o dom a Héracles desencadeou.

CORO

Revela logo, velha, o que há de novo!

NUTRIZ

Pelo sendeiro derradeiro foi-se,
imóvel na passada, Dejanira.   875

CORO

Anuncias sua morte?

NUTRIZ

    Exatamente.

ΧΟΡΟΣ
Τέθνηκεν ἡ τάλαινα;

ΤΡΟΦΟΣ
                    Δεύτερον κλύεις.

ΧΟΡΟΣ
Τάλαιν' ὀλεθρία, τίνι τρόπῳ θανεῖν σφε φῄς;

ΤΡΟΦΟΣ
Σχετλιώτατα πρός γε πρᾶξιν.

ΧΟΡΟΣ
                    Εἰπὲ τῷ μόρῳ,
γύναι, ξυντρέχει.   880

ΤΡΟΦΟΣ
Αὑτὴν διηίστωσεν.

ΧΟΡΟΣ
Τίς θυμός, ἢ τίνες νόσοι
τάνδ' αἰχμᾷ βέλεος κακοῦ
ξυνεῖλε; Πῶς ἐμήσατο
πρὸς θανάτῳ θάνατον   885
ἀνύσασα μόνα στονόεντος
ἐν τομᾷ σιδάρου;.
ἐπεῖδες, ὦ ματαία, τάνδ' ὕβριν;

ΤΡΟΦΟΣ
Ἐπεῖδον, ὡς δὴ πλησία παραστάτις.

CORO
A infeliz faleceu?

NUTRIZ
Confirmo-o: sim!

CORO
Mas como foi o fim dessa infeliz?

NUTRIZ
O pior possível!

CORO
Conta, senhora,
como apressou-se à moira-morte! 880

NUTRIZ
A si mesma feriu.

CORO
Que furor ou moléstia
a impeliu
contra a ponta de arma adversa?
Como tramou, morte seguindo morte, 885
em solitária execução,
no fio do aço sussurrante?
Presenciaste, infeliz, seu descontrole?

NUTRIZ
Ao lado dela, a tudo presenciei.

ΧΟΡΟΣ

Τίς ἦν; πῶς; φέρ' εἰπέ. 890

ΤΡΟΦΟΣ

Αὐτὴ πρὸς αὑτῆς χειροποιεῖται τάδε.

ΧΟΡΟΣ

Τί φωνεῖς;

ΤΡΟΦΟΣ

Σαφηνῆ.

ΧΟΡΟΣ

Ἔτεκεν ἔτεκεν μεγάλαν
ἁ νέορτος ἅδε νύμφα
δόμοισι τοῖσδ' Ἐρινύν. 895

ΤΡΟΦΟΣ

Ἄγαν γε· μᾶλλον δ', εἰ παροῦσα πλησία
ἔλευσσες οἷ' ἔδρασε, κάρτ' ἂν ᾤκτισας.

ΧΟΡΟΣ

Καὶ ταῦτ' ἔτλη τις χεὶρ γυναικεία κτίσαι;

ΤΡΟΦΟΣ

Δεινῶς γε· πεύσῃ δ', ὥστε μαρτυρεῖν ἐμοί.
Ἐπεὶ παρῆλθε δωμάτων εἴσω μόνη 900
καὶ παῖδ' ἐν αὐλαῖς εἶδε κοῖλα δέμνια
στορνύνθ', ὅπως ἄψορρον ἀντῴη πατρί,
κρύψασ' ἑαυτὴν ἔνθα μή τις εἰσίδοι,
βρυχᾶτο μὲν βωμοῖσι προσπίπτουσ' ὅτι
γένοιτ' ἐρήμη, κλαῖε δ' ὀργάνων ὅτου 905

CORO

E como aconteceu? Diz logo! 890

NUTRIZ

Usou das próprias mãos em seu massacre.

CORO

Será que ouvi direito?

NUTRIZ

    Claramente.

CORO

Aquela noiva nova procriou,
nutriu na moradia
enorme Erínia! 895

NUTRIZ

Tua dor só aumentaria presenciaras
de perto o modo como procedeu.

CORO

Quanta ousadia à mão de uma mulher!

NUTRIZ

Horror! Tu mesma atesta o que ocorreu:
só, no palácio, viu no pátio o filho 900
acolchoando a padiola côncova,
antes de ir ter com Héracles de novo.
Sem que a notasse alguém, se prosternou
na frente dos altares, lastimando
a solitude, ao manusear o renque 905

ψαύσειεν οἷς ἐχρῆτο δειλαία πάρος·
ἄλλῃ δὲ κἄλλῃ δωμάτων στρωφωμένη,
εἴ του φίλων βλέψειεν οἰκετῶν δέμας,
ἔκλαιεν ἡ δύστηνος εἰσορωμένη,
αὐτὴ τὸν αὑτῆς δαίμον' ἀνακαλουμένη   910
καὶ τὰς ἄπαιδας ἐς τὸ λοιπὸν οἰκίας.
Ἐπεὶ δὲ τῶνδ' ἔληξεν, ἐξαίφνης σφ' ὁρῶ
τὸν Ἡράκλειον θάλαμον εἰσορμωμένην.
Κἀγὼ λαθραῖον ὄμμ' ἐπεσκιασμένη
φρούρουν· ὁρῶ δὲ τὴν γυναῖκα δεμνίοις   915
τοῖς Ἡρακλείοις στρωτὰ βάλλουσαν φάρη.
Ὅπως δ' ἐτέλεσε τοῦτ', ἐπενθοροῦσ' ἄνω
καθέζετ' ἐν μέσοισιν εὐνατηρίοις,
καὶ δακρύων ῥήξασα θερμὰ νάματα
ἔλεξεν· «Ὦ λέχη τε καὶ νυμφεῖ' ἐμά,   920
τὸ λοιπὸν ἤδη χαίρεθ' ὡς ἔμ' οὔποτε
δέξεσθ' ἔτ' ἐν κοίταισι ταῖσδ' εὐνήτριαν.»
Τοσαῦτα φωνήσασα συντόνῳ χερὶ
λύει τὸν αὑτῆς πέπλον ᾧ χρυσήλατος
προὔκειτο μαστῶν περονίς, ἐκ δ' ἐλώπισεν   925
πλευρὰν ἅπασαν ὠλένην τ' εὐώνυμον.
Κἀγὼ δρομαία βᾶσ', ὅσονπερ ἔσθενον,
τῷ παιδὶ φράζω τῆς τεχνωμένης τάδε.
Κἀν ᾧ τὸ κεῖσε δεῦρό τ' ἐξορμώμεθα,
ὁρῶμεν αὐτὴν ἀμφιπλῆγι φασγάνῳ   930
πλευρὰν ὑφ' ἧπαρ καὶ φρένας πεπληγμένην.
Ἰδὼν δ' ὁ παῖς ᾤμωξεν· ἔγνω γὰρ τάλας
τοὔργον κατ' ὀργὴν ὡς ἐφάψειεν τόδε,
ὄψ' ἐκδιδαχθεὶς τῶν κατ' οἶκον οὕνεκα
ἄκουσα πρὸς τοῦ θηρὸς ἔρξειεν τάδε.   935
Κἀνταῦθ' ὁ παῖς δύστηνος οὔτ' ὀδυρμάτων
ἐλείπετ' οὐδέν, ἀμφί νιν γοώμενος,

92

dos utensílios familiares. Vai
e volta pelos cômodos da casa;
cada vez que esbarrava num dos fâmulos
em quem se fiasse, a infeliz pranteava
ao encontro casual, lembrando o enfado,   910
o fardo e o fato de não ter mais prole.
Suspende o pranto e noto de repente
- que adentra o tálamo do esposo. À sombra
me recolhi, me dando conta oculta
de que estendia lençóis na cama de Héracles,   915
onde, de um só impulso, bem no centro,
sentou-se, um mar de lágrimas caindo-lhe
da face. Pude ouvir sua voz aguda:
"Ó leito, ó câmara nupcial, que um dia
foram meus, ouve o derradeiro adeus,   920
pois nunca mais haveis de receber
a esposa neste espaço!" Cala e as mãos,
sem um sinal de tibieza, abriram
o peplo pelo peito, desfechando
o broche, obra de ourives sutilíssimo,   925
o flanco desvelando e o braço esquerdo.
E eu me apressei o máximo que pude
a relatar ao filho o que fazia.
No lapso de ir e vir, ela encravara
o duplo fio da lâmina no flanco,   930
no diafragma, resvalando o fígado.
Ao ver a mãe, o moço cai no choro,
sabendo o que causara sua cólera.
Tardia informação chegou dos servos:
fora inocente útil do centauro.   935
Suster soluço e pranto era impossível
ao jovem triste, que osculava os lábios:

οὔτ' ἀμφιπίπτων στόμασιν, ἀλλὰ πλευρόθεν
πλευρὰν παρεὶς ἔκειτο πόλλ' ἀναστένων,
ὥς νιν ματαίως αἰτίᾳ βάλοι κακῇ,   940
κλαίων ὁθούνεκ' ἐκ δυοῖν ἔσοιθ' ἅμα
πατρός τ' ἐκείνης τ' ὠρφανισμένος βίον.
Τοιαῦτα τἀνθάδ' ἐστίν· ὥστ' εἴ τις δύο
ἢ καί τι πλείους ἡμέρας λογίζεται,
μάταιός ἐστιν· οὐ γὰρ ἔσθ' ἥ γ' αὔριον,   945
πρὶν εὖ πάθῃ τις τὴν παροῦσαν ἡμέραν.

ΧΟΡΟΣ

Πότερα πρότερον ἐπιστένω;
πότερα τέλεα περαιτέρω,
δύσκριτ' ἔμοιγε δυστάνῳ;

Τάδε μὲν ἔχομεν ὁρᾶν δόμοις,   950
τάδε δὲ μένομεν ἐπ' ἐλπίσιν·
κοινὰ δ' ἔχειν τε καὶ μέλλειν.

Εἴθ' ἀνεμόεσσά τις
γένοιτ' ἔπουρος ἑστιῶτις αὔρα,   955
ἥτις μ' ἀποικίσειεν ἐκ τόπων, ὅπως
τὸν Δῖον ἄλκιμον γόνον
μὴ ταρβαλέα θάνοι-
μι μοῦνον εἰσιδοῦσ' ἄφαρ·
ἐπεὶ ἐν δυσαπαλλάκτοις ὀδύναις
χωρεῖν πρὸ δόμων λέγουσιν   960
ἄσπετόν τι θαῦμα.

Ἀγχοῦ δ' ἄρα κοὐ μακρὰν
προὔκλαιον, ὀξύφωνος ὡς ἀηδών.

lado a lado, abandona o próprio corpo,
sobreplangendo interminavelmente
por ter lançado acusação errada;   940
soluça a orfandade dupla, a vida
vazia de pai, vazia de mater... mãe!
Ouviste o caso. É tolo quem calcula
o dia de amanhã ou da manhã
seguinte, pois que o amanhã não há   945
antes que se conclua o dia em curso.

    [Sai a nutriz]

CORO
Em meu sofrer,
ignoro a quem lamento inicialmente.
Qual revés mais intenso?

Um revés se vê no paço,   950
ao outro em breve passo.
O presente equivale ao ausente.

Pudera talalar o vento afável
levando-me daqui,   955
livre da morte pelo horror
de avistar de repente
o filho vigoroso de Zeus.
Em convulsões renitentes
(dizem)
chega ao solar —   960
espetáculo sem parâmetro.

Não mais dista o ser de meus lamentos,
rouxinol soturnogorjeante.

Ξένων γὰρ ἐξόμιλος ἥδε τις στάσις·
πᾷ δ' αὖ φορεῖ νιν, ὡς φίλου 965
προκηδομένα, βαρεῖαν
ἄψοφον φέρει βάσιν.
αἰαῖ, ὅδ' ἀναύδατος φέρεται.
τί χρὴ θανόντα νιν ἢ καθ'
ὕπνον ὄντα κρῖναι; 970

ΥΛΛΟΣ

Οἴμοι ἐγὼ σοῦ, πάτερ, ὦ μέλεος,
τί πάθω; τί δὲ μήσομαι; οἴμοι.

ΠΡΕΣΒΥΣ

Σίγα, τέκνον, μὴ κινήσῃς
ἀγρίαν ὀδύνην πατρὸς ὠμόφρονος· 975
ζῇ γὰρ προπετής· ἀλλ' ἴσχε δακὼν
στόμα σόν.

ΥΛΛΟΣ

Πῶς φῄς, γέρον; ἦ ζῇ;

ΠΡΕΣΒΥΣ

Οὐ μὴ 'ξεγερεῖς τὸν ὕπνῳ κάτοχον,
κἀκκινήσεις κἀναστήσεις
φοιτάδα δεινὴν 980
νόσον, ὦ τέκνον.

ΥΛΛΟΣ

Ἀλλ' ἐπί μοι μελέῳ
βάρος ἄπλετον· ἐμμέμονε<ν> φρήν.

Alinha-se o cortejo alienígena.
Como o transportam? 965
Em fraternal solicitude,
sustêm passadas graves.
Ai! Conduzem o silente.
Cede ao sono? A Tânatos?
Aonde me dirijo em pensamento? 970

> [Entram Hilo, um velho e homens
> carregando Héracles em uma liteira]

HILO

Ai de mim, pai, o que há de ser de mim,
imerso em meu sofrer, querido pai?

VELHO

Cala, rapaz, evita espicaçar
a dor feroz do espírito crudívoro: 975
sobrevive prostrado. Engole a voz;
nem mais um pio!

HILO

    Como? Ele sobrevive?

VELHO

Deixa que durma quem sucumbe ao sono!
Não irrites, tampouco incites
a doença de hórridos 980
surtos, meu jovem!

HILO

    Um fardo fulminante
se me abate; minha ânima delira!

ΗΡΑΚΛΗΣ

Ὦ Ζεῦ,
ποῖ γᾶς ἥκω; παρὰ τοῖσι βροτῶν
κεῖμαι πεπονημένος ἀλλήκτοις   985
ὀδύναις; Οἴμοι <μοι> ἐγὼ τλάμων·
ἡ δ' αὖ μιαρὰ βρύκει. Φεῦ.

ΠΡΕΣΒΥΣ

Ἆρ' ἐξῄδησθ' ὅσον ἦν κέρδος
σιγῇ κεύθειν καὶ μὴ σκεδάσαι
τῷδ' ἀπὸ κρατὸς   990
βλεφάρων θ' ὕπνον;

ΥΛΛΟΣ

                            Οὐ γὰρ ἔχω πῶς ἂν
στέρξαιμι κακὸν τόδε λεύσσων.

ΗΡΑΚΛΗΣ

Ὦ Κηναία κρηπὶς βωμῶν,
ἱερῶν οἵαν οἵων ἐπί μοι
μελέῳ χάριν ἠνύσω, ὦ Ζεῦ·   995
οἵαν μ' ἄρ' ἔθου λώβαν, οἵαν·
ἣν μή ποτ' ἐγὼ προσιδεῖν ὁ τάλας
ὤφελον ὄσσοις,
τόδ' ἀκήλητον
μανίας ἄνθος καταδερχθῆναι.
Τίς γὰρ ἀοιδός, τίς ὁ χειροτέχνης   1.000
ἰατορίας, ὃς τήνδ' ἄτην
χωρὶς Ζηνὸς κατακηλήσει;
θαῦμ' ἂν πόρρωθεν ἰδοίμην.

HÉRACLES

Ó Zeus,
onde me encontro? Que mortais ladeiam-me
jazente, fustigado por inúmeras   985
dores? Ai! Quanto sofrimento!
Sinto que trincha o dente da moléstia!

VELHO

Não disse que o melhor era calar,
não dissipar o sono
que toldava   990
cabeça e pálpebras?

HILO

      Conter-me
eu não consigo ao vislumbrar seu mal!

HÉRACLES

Ó penha dos altares, ó Ceneu!
Bela paga me coube
por sacrifícios,   995
ó Zeus!
Que ruína me impuseste! Que ruína!
Quisera nunca ter mirado a grimpa,
tampouco fixar a flor inexorável da insensatez.
Quem é o sortílego,
quem é o cirurgião de hábeis mãos   1.000
que aplaque meu flagelo,
excluído o Cronida?
Milagre a mim vedado!

Ἒ ἔ,
ἐᾶτέ μ᾽, ἐᾶτέ με
δύσμορον εὐνάσαι,   1.005
ἐᾶτέ με δύσμορον.
πᾶ <πᾶ> μου ψαύεις; ποῖ κλίνεις;
ἀπολεῖς μ᾽, ἀπολεῖς.
ἀνατέτροφας ὅ τι καὶ μύσῃ.
ἧπταί μου, τοτοτοῖ, ἥδ᾽ αὖθ᾽ ἕρπει. πόθεν ἔστ᾽, ὦ
Ἑλλάνων πάντων ἀδικώτατοι ἀνέρες, οὓς δὴ   1.010
πολλὰ μὲν ἐν πόντῳ, κατά τε δρία πάντα καθαίρων
ὠλεκόμαν ὁ τάλας, καὶ νῦν ἐπὶ τῷδε νοσοῦντι
οὐ πῦρ, οὐκ ἔγχος τις ὀνήσιμον οὐκ ἐπιτρέψει;
Ἒ ἔ,
οὐδ᾽ ἀπαράξαι <μου> κρᾶτα βίᾳ θέλει   1.015
μολὼν τοῦ στυγεροῦ; Φεῦ φεῦ.

ΠΡΕΣΒΥΣ
Ὦ παῖ τοῦδ᾽ ἀνδρός, τοὔργον τόδε μεῖζον ἀνήκει
ἢ κατ᾽ ἐμὰν ῥώμαν· σὺ δὲ σύλλαβε· σοί τε γὰρ ἄμμα
ἓν πλέον ἢ δύ᾽ ἐμοῦ σῴζειν.

ΥΛΛΟΣ
                     Ψαύω μὲν ἔγωγε,   1.020
λαθίπονον δ᾽ ὀδυνᾶν οὔτ᾽ ἔνδοθεν οὔτε θύραθεν
ἔστι μοι ἐξανύσαι· βιότου τοιαῦτα νέμει Ζεύς.

ΗΡΑΚΛΗΣ
<Ἒ ἔ,>
Ὦ παῖ, ποῦ ποτ᾽ εἶ;
τᾷδέ με, τᾷδέ με   1.025
πρόσλαβε κουφίσας.
ἒ ἔ, ἰὼ δαῖμον.

Ai!
Deixai que durma o moiramarga,
deixai-me... a mim, entregue ao torpor extremo!   1.005
Sinto tua mão que pesa! Onde me reclinas?
Me eliminas? É o meu fim?
Açodaste o que não bulia.
Fisgou-me, ai!, no seu retorno.
Onde vos encontrais, gregos, primazes na injustiça?
Eu me empenhei em depurar por vós   1.010
demasiados mares, jângal sem exceção,
e adoecido no presente
fogo não há, gládio tampouco, que tenha serventia.
Ai!
Ninguém há de tomar a iniciativa   1.015
de arrancar-me a cabeça e dar fim à vida estígia? Ai!

VELHO

Ó prole de Héracles! Deves fazer
o que me impede o desvigor. O apuro
de que és capaz não se compara ao meu.

HILO

Eu o amparo, mas não tenho interna   1.020
e externamente condições de dar
alívio à sua dor, pois Zeus decide.

HÉRACLES

Onde anda o infante?
Acode! Acode!
Alivia-me a acídia!   1.025
Ai! Dâimon! Ai! Divino!
Irrompe, irrompe

Θρώσκει δ' αὖ, θρώσκει δειλαία
διολοῦσ' ἡμᾶς
ἀποτίβατος ἀγρία νόσος. 1.030
Ὦ Παλλάς, τόδε μ' αὖ λωβᾶται. Ἰὼ παῖ,
τὸν φύτορ' οἰκτίρας ἀνεπίφθονον εἴρυσον ἔγχος,
παῖσον ἐμᾶς ὑπὸ κλῇδος· ἀκοῦ δ' ἄχος ᾧ μ' ἐχόλωσεν 1.035
σὰ μάτηρ ἄθεος, τὰν ὧδ' ἐπίδοιμι πεσοῦσαν
αὕτως, ὧδ' αὕτως, ὥς μ' ὤλεσεν. ὦ γλυκὺς. Ἀΐδας, 1.040
Ὦ Διὸς αὐθαίμων,
εὕνασον εὕνασόν μ'
ὠκυπέτᾳ μόρῳ τὸν μέλεον φθίσας.

ΧΟΡΟΣ

Κλύουσ' ἔφριξα τάσδε συμφοράς, φίλαι,
ἄνακτος, οἵαις οἷος ὢν ἐλαύνεται. 1.045

ΗΡΑΚΛΗΣ

Ὦ πολλὰ δὴ καὶ θερμὰ καὶ λόγῳ κακὰ
καὶ χερσὶ καὶ νώτοισι μοχθήσας ἐγώ·
κοὔπω τοιοῦτον οὔτ' ἄκοιτις ἡ Διὸς
προὔθηκεν οὔθ' ὁ στυγνὸς Εὐρυσθεὺς ἐμοὶ
οἷον τόδ' ἡ δολῶπις Οἰνέως κόρη 1.050
καθῆψεν ὤμοις τοῖς ἐμοῖς Ἐρινύων
ὑφαντὸν ἀμφίβληστρον, ᾧ διόλλυμαι.
Πλευραῖσι γὰρ προσμαχθὲν ἐκ μὲν ἐσχάτας
βέβρωκε σάρκας, πλεύμονός τ' ἀρτηρίας
ῥοφεῖ ξυνοικοῦν· ἐκ δὲ χλωρὸν αἷμά μου 1.055
πέπωκεν ἤδη, καὶ διέφθαρμαι δέμας
τὸ πᾶν ἀφράστῳ τῇδε χειρωθεὶς πέδῃ.
Κοὐ ταῦτα λόγχῃ πεδιάς, οὔθ' ὁ γηγενὴς
στρατὸς Γιγάντων, οὔτε θήρειος βία,
οὔθ' Ἑλλάς, οὔτ' ἄγλωσσος, οὔθ' ὅσην ἐγὼ 1.060

102

— funesto afã! —
o acre achaque rapace r-é-f-l-u-o...
Ei-lo, de novo, Palas: me fustiga.   1.030
Apieda-te do pai, menino! A clava lídima
enfia na clavícula! Debela a dor
com que tua mater atra me enfuriou!   1.035
Pudera vê-la assim tombar sem fim igual
a mim morrendo assim!   1.040
Hades-dulçor, sanguissímile do Cronida,
serena, serena
o infeliz com a moira aliveloz. Enfim!

CORO
Eriça-me saber que o rei sucumbe.
Sendo quem é, o que não o tortura?   1.045

HÉRACLES
Longe de gélidos, longe de parcos
os males que sofri no dorso e braço,
mesmo em relato. Hera ou Euristeu,
nenhum dos dois jamais me impôs a trama
que Erínias entretecem e que a filha   1.050
de Eneu, olhiardilosa, suspendeu-me
às omoplatas, de onde foge a vida:
grudada à pleura, rói a carne até
o miolo, sorve artérias dos pulmões
de que avizinha, já drenou o sangue-   1.055
-seiva, devasta o invólucro do corpo
submisso à peia impronunciável.
Não a causou combate na planície,
falange de Gigantes, prole ctônia,
furor da besta-fera, nem os bárbaros,   1.060

γαῖαν καθαίρων ἱκόμην, ἔδρασέ πω·
γυνὴ δέ, θῆλυς οὖσα κοὐκ ἀνδρὸς φύσιν,
μόνη με δὴ καθεῖλε φασγάνου δίχα.
Ὦ παῖ, γενοῦ μοι παῖς ἐτήτυμος γεγώς,
καὶ μὴ τὸ μητρὸς ὄνομα πρεσβεύσῃς πλέον.   1.065
Δός μοι χεροῖν σαῖν αὐτὸς ἐξ οἴκου λαβὼν
ἐς χεῖρα τὴν τεκοῦσαν, ὡς εἰδῶ σάφα
εἰ τοὐμὸν ἀλγεῖς μᾶλλον ἢ κείνης, ὁρῶν
λωβητὸν εἶδος ἐν δίκῃ κακούμενον.
Ἴθ’, ὦ τέκνον, τόλμησον, οἴκτιρόν τέ με   1.070
πολλοῖσιν οἰκτρόν, ὅστις ὥστε παρθένος
βέβρυχα κλαίων· καὶ τόδ’ οὐδ’ ἂν εἷς ποτε
τόνδ’ ἄνδρα φαίη πρόσθ’ ἰδεῖν δεδρακότα,
ἀλλ’ ἀστένακτος αἰὲν εἱπόμην κακοῖς·
νῦν δ’ ἐκ τοιούτου θῆλυς ηὕρημαι τάλας.   1.075
Καὶ νῦν προσελθὼν στῆθι πλησίον πατρός,
σκέψαι δ’ ὁποίας ταῦτα συμφορᾶς ὕπο
πέπονθα· δείξω γὰρ τάδ’ ἐκ καλυμμάτων·
ἰδού, θεᾶσθε πάντες ἄθλιον δέμας,
ὁρᾶτε τὸν δύστηνον, ὡς οἰκτρῶς ἔχω.   1.080
Αἰαῖ, ὦ τάλας,
αἰαῖ,
ἔθαλψεν ἄτης σπασμὸς ἀρτίως ὅδ’ αὖ,
διῆξε πλευρῶν, οὐδ’ ἀγύμναστόν μ’ ἐᾶν
ἔοικεν ἡ τάλαινα διάβορος νόσος.
Ὦναξ Ἀΐδη, δέξαι μ’,   1.085
ὦ Διὸς ἀκτίς, παῖσον·
ἔνσεισον, ὦναξ, ἐγκατάσκηψον βέλος,
πάτερ, κεραυνοῦ. Δαίνυται γὰρ αὖ πάλιν,
ἤνθηκεν, ἐξώρμηκεν. Ὦ χέρες, χέρες,
ὦ νῶτα καὶ στέρν’, ὦ φίλοι βραχίονες,   1.090
ὑμεῖς ἐκεῖνοι δὴ καθέσταθ’ οἵ ποτε

nem gregos, nem regiões que depurei,
mas uma fêmea, ser antiviril,
foi quem sozinha me abateu, sem gládio.
Mostra, menino, que és meu filho, e o nome
de quem te deu à luz renega; usa   1.065
de tuas próprias mãos para arrancar
do lar e pôr tua mãe nas minhas mãos:
verei se sofres mais ao ver meu corpo
vilipendiado ou se padeces mais
ao ver que eu a torturo com justiça.   1.070
Avante, filho! Digno de piedade
serei da maioria: grito estrídulo
de uma donzela, nunca alguém ouviu
de mim, que sempre suportei os males
com altivez. Mulher, tal qual, eu sou.   1.075
Chega mais perto, fica do meu lado,
para enxergar o que me faz sofrer,
pois o desvelo agora a todos. Vede
o que me insulta a sórdida carcaça!
Digno de dó, um triste traste: olhai!   1.080
Soçobro! Ai!
Dor!
O espasmo de *ate* — ruína! — arde e per-
fura-me o flanco. A enfermidade atra
e ávida não dá — parece — trégua!
Hades, senhor, acolhe-me!   1.085
Raio de Zeus, lacera-me!
Açula e asseta, rei, o dardo em chama,
ó pater, pai, pois ela aflora, irrompe,
de mim faz seu repasto! Mãos, ó mãos,
ó dorso, tórax, braços, sois quem fostes   1.090
na execução pungente do leão

Νεμέας ἔνοικον, βουκόλων ἀλάστορα,
λέοντ', ἄπλατον θρέμμα κἀπροσήγορον,
βίᾳ κατειργάσασθε, Λερναίαν θ' ὕδραν,
διφυῆ τ' ἄμικτον ἱπποβάμονα στρατὸν   1.095
θηρῶν, ὑβριστήν, ἄνομον, ὑπέροχον βίαν,
Ἐρυμάνθιόν τε θῆρα, τόν θ' ὑπὸ χθονὸς
Ἅιδου τρίκρανον σκύλακ', ἀπρόσμαχον τέρας,
δεινῆς Ἐχίδνης θρέμμα, τόν τε χρυσέων
δράκοντα μήλων φύλακ' ἐπ' ἐσχάτοις τόποις·   1.100
ἄλλων τε μόχθων μυρίων ἐγευσάμην,
κοὐδεὶς τροπαῖ' ἔστησε τῶν ἐμῶν χερῶν.
Νῦν δ' ὧδ' ἄναρθρος καὶ κατερρακωμένος
τυφλῆς ὑπ' ἄτης ἐκπεπόρθημαι τάλας,
ὁ τῆς ἀρίστης μητρὸς ὠνομασμένος,   1.105
ὁ τοῦ κατ' ἄστρα Ζηνὸς αὐδηθεὶς γόνος.
Ἀλλ' εὖ γέ τοι τόδ' ἴστε, κἂν τὸ μηδὲν ὦ
κἂν μηδὲν ἕρπω, τήν γε δράσασαν τάδε
χειρώσομαι κἀκ τῶνδε· προσμόλοι μόνον,
ἵν' ἐκδιδαχθῇ πᾶσιν ἀγγέλλειν ὅτι   1.110
καὶ ζῶν κακούς γε καὶ θανὼν ἐτεισάμην.

ΧΟΡΟΣ

Ὦ τλῆμον Ἑλλάς, πένθος οἷον εἰσορῶ
ἕξουσαν, ἀνδρὸς τοῦδέ γ' εἰ σφαλήσεται.

ΥΛΛΟΣ

Ἐπεὶ παρέσχες ἀντιφωνῆσαι, πάτερ,
σιγὴν παρασχών, κλῦθί μου νοσῶν ὅμως·   1.115
αἰτήσομαι γάρ σ' ὧν δίκαια τυγχάνειν.
Δός μοι σεαυτόν, μὴ τοσοῦτον ὡς δάκνῃ
θυμῷ δύσοργος· οὐ γὰρ ἂν γνοίης ἐν οἷς
χαίρειν προθυμῇ κἂν ὅτοις ἀλγεῖς μάτην.

nemeu que atazanava os zagais,
inabordável ente arisco, da hidra
lernaia, do binato e arredio
tropel de húbris hípicotrotante,   1.095
centauros altaneiros, truculentos
e antipreceitos, do erimântio monstro,
do ctônio cão tricéfalo do Hades,
prodígio sem derrotas, cria da hórrida
Equidna, do dragão guardião de pomos   1.100
dourados nas lonjuras? Noutros tantos
lavores, não me derrotou ninguém!
Sem controlar as juntas, lacerado,
ate me arruína agora, atro látego,
a alguém de quem se escuta: "magna é a mater",   1.105
de quem propagam: "prole de áster, Zeus".
Ouvi, contudo: mesmo se hoje sou
um nada, um nada rastejante, as mãos
colocarei na responsável! Venha!
Há de saber anunciar a todos   1.110
que vivo puno os maus e os puno morto!

CORO
Grécia, vislumbro tua futura agrura,
caso não possas mais contar com ele.

HILO
Pai, visto que facultas-me a resposta,
escuta-me em silêncio, embora enfermo,   1.115
pois meu pedido é pertinente. Não
remoas a fúria que te morde e cede
ao meu acolhimento. É vão (ignoras)
o que tanto remói o teu rancor.

ΗΡΑΚΛΗΣ

Εἰπὼν ὃ χρῄζεις λῆξον· ὡς ἐγὼ νοσῶν   1.120
οὐδὲν ξυνίημ’ ὧν σὺ ποικίλλεις πάλαι.

ΥΛΛΟΣ

Τῆς μητρὸς ἥκω τῆς ἐμῆς φράσων ἐν οἷς
νῦν ἐστιν οἷς θ’ ἥμαρτεν οὐχ ἑκουσία.

ΗΡΑΚΛΗΣ

Ὦ παγκάκιστε, καὶ παρεμνήσω γὰρ αὖ
τῆς πατροφόντου μητρός, ὡς κλύειν ἐμέ;   1.125

ΥΛΛΟΣ

Ἔχει γὰρ οὕτως ὥστε μὴ σιγᾶν πρέπειν.

ΗΡΑΚΛΗΣ

Οὐ δῆτα, τοῖς γε πρόσθεν ἡμαρτημένοις.

ΥΛΛΟΣ

Ἀλλ’ οὐδὲ μὲν δὴ τοῖς γ’ ἐφ’ ἡμέραν ἐρεῖς.

ΗΡΑΚΛΗΣ

Λέγ’, εὐλαβοῦ δὲ μὴ φανῇς κακὸς γεγώς.

ΥΛΛΟΣ

Λέγω· τέθνηκεν ἀρτίως νεοσφαγής.   1.130

ΗΡΑΚΛΗΣ

Πρὸς τοῦ; τέρας τοι διὰ κακῶν ἐθέσπισας.

ΥΛΛΟΣ

Αὐτὴ πρὸς αὑτῆς, οὐδενὸς πρὸς ἐκτόπου.

HÉRACLES

Já chega de rodeios, pois a doença 1.120
me impede acompanhar tuas sutilezas!

HILO

Minha intenção é esclarecer o estado
de minha mãe, seu erro involuntário.

HÉRACLES

Seu pulha! Vens citar quem te pariu,
matou teu pai, e pedes que eu te escute? 1.125

HILO

O seu estado obriga-me a falar.

HÉRACLES

Seus erros não lhe servem de apanágio.

HILO

Sabendo o que ocorreu, nada dirias...

HÉRACLES

Evita pareceres torpe: dize!

HILO

Há pouco ela morreu de imolação. 1.130

HÉRACLES

Imerso em meus horrores, me estarreço!

HILO

Ninguém agiu por ela: suicidou-se.

ΗΡΑΚΛΗΣ

Οἴμοι· πρὶν ὡς χρῆν σφ᾽ ἐξ ἐμῆς θανεῖν χερός;

ΥΛΛΟΣ

Κἂν σοῦ στραφείη θυμός, εἰ τὸ πᾶν μάθοις.

ΗΡΑΚΛΗΣ

Δεινοῦ λόγου κατῆρξας· εἰπὲ δ᾽ ᾗ νοεῖς.   1.135

ΥΛΛΟΣ

Ἅπαν τὸ χρῆμ᾽, ἥμαρτε χρηστὰ μωμένη.

ΗΡΑΚΛΗΣ

Χρήστ᾽, ὦ κάκιστε, πατέρα σὸν κτείνασα δρᾷ;

ΥΛΛΟΣ

Στέργημα γὰρ δοκοῦσα προσβαλεῖν σέθεν
ἀπήμπλαχ᾽, ὡς προσεῖδε τοὺς ἔνδον γάμους.

ΗΡΑΚΛΗΣ

Καὶ τίς τοσοῦτος φαρμακεὺς Τραχινίων;   1.140

ΥΛΛΟΣ

Νέσσος πάλαι Κένταυρος ἐξέπεισέ νιν
τοιῷδε φίλτρῳ τὸν σὸν ἐκμῆναι πόθον.

ΗΡΑΚΛΗΣ

Ἰοὺ ἰοὺ δύστηνος, οἴχομαι τάλας·
ὄλωλ᾽ ὄλωλα, φέγγος οὐκέτ᾽ ἔστι μοι.
Οἴμοι, φρονῶ δὴ ξυμφορᾶς ἵν᾽ ἔσταμεν.   1.145
Ἴθ᾽, ὦ τέκνον· πατὴρ γὰρ οὐκέτ᾽ ἔστι σοι·
κάλει τὸ πᾶν μοι σπέρμα σῶν ὁμαιμόνων,

HÉRACLES

Ah! Evitou morrer em minhas mãos?

HILO

Souberas tudo, não te irritarias.

HÉRACLES

Tua fala causa espécie: desembucha!   1.135

HILO

Errou, com a melhor das intenções.

HÉRACLES

Como é? O bem? Matar teu pai? Canalha!

HILO

Quis evitar com amavios as novas
núpcias em casa, mas se equivocou.

HÉRACLES

Há fármaco traquínio tão potente?   1.140

HILO

Nesso, o centauro, a induziu a usar
o filtro a fim de ter o teu amor.

HÉRACLES

Quanta amargura! Deixo a vida! Horror!
A flama se me apaga. Morte! Fim!
Só agora me dou conta do infortúnio.   1.145
Deixa-me, filho, pois te falta o pai,
chama em meu nome toda tua estirpe

κάλει δὲ τὴν τάλαιναν Ἀλκμήνην, Διὸς
μάτην ἄκοιτιν, ὡς τελευταίαν ἐμοῦ
φήμην πύθησθε θεσφάτων ὅσ' οἶδ' ἐγώ.　　　1.150

ΥΛΛΟΣ

Ἀλλ' οὔτε μήτηρ ἐνθάδ', ἀλλ' ἐπακτίᾳ
Τίρυνθι συμβέβηκεν ὥστ' ἔχειν ἕδραν,
παίδων δὲ τοὺς μὲν ξυλλαβοῦσ' αὐτὴ τρέφει
τοὺς δ' ἂν τὸ Θήβης ἄστυ ναίοντας μάθοις·
ἡμεῖς δ' ὅσοι πάρεσμεν, εἴ τι χρή, πάτερ,　　　1.155
πράσσειν, κλύοντες ἐξυπηρετήσομεν.

ΗΡΑΚΛΗΣ

Σὺ δ' οὖν ἄκουε τοὔργον· ἐξήκεις δ' ἵνα
φανεῖς ὁποῖος ὢν ἀνὴρ ἐμὸς καλῇ.
Ἐμοὶ γὰρ ἦν πρόφαντον ἐκ πατρὸς πάλαι
πρὸς τῶν πνεόντων μηδενὸς θανεῖν ὕπο,　　　1.160
ἀλλ' ὅστις Ἅιδου φθίμενος οἰκήτωρ πέλοι.
Ὅδ' οὖν ὁ θὴρ Κένταυρος, ὡς τὸ θεῖον ἦν
πρόφαντον, οὕτω ζῶντά μ' ἔκτεινεν θανών.
Φανῶ δ' ἐγὼ τούτοισι συμβαίνοντ' ἴσα
μαντεῖα καινά, τοῖς πάλαι ξυνήγορα,　　　1.165
ἃ τῶν ὀρείων καὶ χαμαικοιτῶν ἐγὼ
Σελλῶν ἐσελθὼν ἄλσος εἰσεγραψάμην
πρὸς τῆς πατρῴας καὶ πολυγλώσσου δρυός,
ἥ μοι χρόνῳ τῷ ζῶντι καὶ παρόντι νῦν
ἔφασκε μόχθων τῶν ἐφεστώτων ἐμοὶ　　　1.170
λύσιν τελεῖσθαι· κἀδόκουν πράξειν καλῶς·
τὸ δ' ἦν ἄρ' οὐδὲν ἄλλο πλὴν θανεῖν ἐμέ·
τοῖς γὰρ θανοῦσι μόχθος οὐ προσγίγνεται.
Ταῦτ' οὖν ἐπειδὴ λαμπρὰ συμβαίνει, τέκνον,
δεῖ σ' αὖ γενέσθαι τῷδε τἀνδρὶ σύμμαχον,　　　1.175

112

e a esposa malograda do Cronida,
Alcmena, para todos conhecerdes
a profecia postrema de um oráculo!   1.150

HILO

Tua mãe está em sua própria casa
localizada à beira-mar em Tírinto.
Parte dos meus irmãos está com ela,
outros habitam, como sabes, Tebas.
Mas nós aqui presentes, pai, havendo   1.155
algo a fazer, cumprimos prontamente.

HÉRACLES

Ouve como hás de proceder. Revela
que tipo de homem és, e se mereces
que alguém afirme que és herdeiro de Héracles!
Meu pai profetizou que um morto do Hades   1.160
me mataria, e não um ser pulsante.
E o tal centauro, como disse o oráculo,
mesmo sem existir, tirou-me a vida!
Mas outra profecia que confirma
a anterior, revelo agora: entrei   1.165
no bosque dos silvestres Salos, seres
solijazentes, onde em mim gravei
tudo o que me ditou o roble multi-
lingue paterno: a faina a mim imposta
acabaria no presente, e pus-me   1.170
a imaginar o desenlace alegre,
sem cogitar de que era a minha morte,
pois aos defuntos não atinge a faina.
Devido ao fato, filho, a mim tão nítido,
sê meu aliado novamente e evita   1.175

καὶ μὴ 'πιμεῖναι τοὐμὸν ὀξῦναι στόμα,
ἀλλ' αὐτὸν εἰκάθοντα συμπράσσειν, νόμον
κάλλιστον ἐξευρόντα, πειθαρχεῖν πατρί.

ΥΛΛΟΣ
Ἀλλ', ὦ πάτερ, ταρβῶ μὲν εἰς λόγου στάσιν
τοιάνδ' ἐπελθών, πείσομαι δ' ἅ σοι δοκεῖ.   1.180

ΗΡΑΚΛΗΣ
Ἔμβαλλε χεῖρα δεξιὰν πρώτιστά μοι.

ΥΛΛΟΣ
Ὡς πρὸς τί πίστιν τήνδ' ἄγαν ἐπιστρέφεις;

ΗΡΑΚΛΗΣ
Οὐ θᾶσσον οἴσεις μηδ' ἀπιστήσεις ἐμοί;

ΥΛΛΟΣ
Ἰδοὺ προτείνω, κοὐδὲν ἀντειρήσεται.

ΗΡΑΚΛΗΣ
Ὄμνυ Διός νυν τοῦ με φύσαντος κάρα.   1.185

ΥΛΛΟΣ
Ἦ μὴν τί δράσειν; Καὶ τόδ' ἐξειρήσεται;

ΗΡΑΚΛΗΣ
Ἦ μὴν ἐμοὶ τὸ λεχθὲν ἔργον ἐκτελεῖν.

ΥΛΛΟΣ
Ὄμνυμ' ἔγωγε, Ζῆν' ἔχων ἐπώμοτον.

que minha boca verta os azedumes,
cooperando, atento ao meu pedido:
preceito-mor é obedecer ao pai.

HILO
Posso prever o fim dessa conversa,
mas cumprirei o que me solicites.   1.180

HÉRACLES
Primeiramente, avança a mão direita.

HILO
Por que hei de me empenhar no juramento?

HÉRACLES
Negas a mão? Rejeitas meu pedido?

HILO
Ei-la. Jamais renego ordem tua.

HÉRACLES
Jura por Zeus, meu pai, por sua cabeça...   1.185

HILO
Jurar o quê? Só sei se ouvir de ti.

HÉRACLES
Executar o que passo a pedir.

HILO
Zeus testemunhe a jura em que me empenho!

ΗΡΑΚΛΗΣ
Εἰ δ᾽ ἐκτὸς ἔλθοις, πημονὰς εὔχου λαβεῖν.

ΥΛΛΟΣ
Οὐ μὴ λάβω, δράσω γάρ· εὔχομαι δ᾽ ὅμως.　　1.190

ΗΡΑΚΛΗΣ
Οἶσθ᾽ οὖν τὸν Οἴτης Ζηνὸς ὕψιστον πάγον;

ΥΛΛΟΣ
Οἶδ᾽, ὡς θυτήρ γε πολλὰ δὴ σταθεὶς ἄνω.

ΗΡΑΚΛΗΣ
Ἐνταῦθά νυν χρὴ τοὐμὸν ἐξάραντά σε
σῶμ᾽ αὐτόχειρα, καὶ ξὺν οἷς χρῄζεις φίλων,
πολλὴν μὲν ὕλην τῆς βαθυρρίζου δρυὸς　　1.195
κείραντα, πολλὸν δ᾽ ἄρσεν᾽ ἐκτεμόνθ᾽ ὁμοῦ
ἄγριον ἔλαιον, σῶμα τοὐμὸν ἐμβαλεῖν,
καὶ πευκίνης λαβόντα λαμπάδος σέλας
πρῆσαι. Γόου δὲ μηδὲν εἰσίτω δάκρυ,
ἀλλ᾽ ἀστένακτος κἀδάκρυτος, εἴπερ εἶ　　1.200
τοῦδ᾽ ἀνδρός, ἔρξον· εἰ δὲ μή, μενῶ σ᾽ ἐγὼ
καὶ νέρθεν ὢν ἀραῖος εἰσαεὶ βαρύς.

ΥΛΛΟΣ
Οἴμοι, πάτερ, τί εἶπας; Οἷά μ᾽ εἴργασαι.

ΗΡΑΚΛΗΣ
Ὁποῖα δραστέ᾽ ἐστίν· εἰ δὲ μή, πατρὸς
ἄλλου γενοῦ του μηδ᾽ ἐμὸς κληθῇς ἔτι.　　1.205

HÉRACLES

Se transgredires, dize: "Aceito a pena".

HILO

Por que, se cumpro tudo? Mas o afirmo.   1.190

HÉRACLES

Conheces o Eta, píncaro de Zeus?

HILO

Local onde amiúde sacrifico.

HÉRACLES

Carrega com tuas próprias mãos meu corpo
até o lugar. Te ajudem, se preciso.
Talha taludos feixes de carvalho   1.195
e um olivedo inteiro basto e rústico,
sobre os quais põe meu corpo. Pega a brasa
de uma tocha de pinho, ateia fogo!
Evita derramar teu pranto. Ausente
o pranto, ausente o teu lamento, se   1.200
provéns de um ente hercúleo, age, ou pesa
minha eterna maldição nos ínferos!

HILO

Será que ouvi direito? O que farei?

HÉRACLES

O necessário, ou, renegado, deves
tratar de procurar um outro pai.   1.205

ΥΛΛΟΣ

Οἴμοι μάλ᾽ αὖθις, οἷά μ᾽ ἐκκαλῇ, πάτερ,
φονέα γενέσθαι καὶ παλαμναῖον σέθεν.

ΗΡΑΚΛΗΣ

Οὐ δῆτ᾽ ἔγωγ᾽, ἀλλ᾽ ὧν ἔχω παιώνιον
καὶ μοῦνον ἰατῆρα τῶν ἐμῶν κακῶν.

ΥΛΛΟΣ

Καὶ πῶς ὑπαίθων σῶμ᾽ ἂν ἰῴμην τὸ σόν;   1.210

ΗΡΑΚΛΗΣ

Ἀλλ᾽ εἰ φοβῇ πρὸς τοῦτο, τἄλλα γ᾽ ἔργασαι.

ΥΛΛΟΣ

Φορᾶς γέ τοι φθόνησις οὐ γενήσεται.

ΗΡΑΚΛΗΣ

Ἦ καὶ πυρᾶς πλήρωμα τῆς εἰρημένης;

ΥΛΛΟΣ

Ὅσον γ᾽ ἂν αὐτὸς μὴ ποτιψαύων χεροῖν·
τὰ δ᾽ ἄλλα πράξω κοὐ καμῇ τοὐμὸν μέρος.   1.215

ΗΡΑΚΛΗΣ

Ἀλλ᾽ ἀρκέσει καὶ ταῦτα· πρόσνειμαι δέ μοι
χάριν βραχεῖαν πρὸς μακροῖς ἄλλοις διδούς.

ΥΛΛΟΣ

Εἰ καὶ μακρὰ κάρτ᾽ ἐστίν, ἐργασθήσεται.

HILO

Sugeres que eu me torne o matador
do próprio pai, um filho carniceiro?

HÉRACLES

De modo algum, tão só o responsável
único por remediar-me a dor.

HILO

Salvar teu corpo incendiando-o? Como?   1.210

HÉRACLES

Se é esse o teu pavor, cumpre o restante!

HILO

Não me recuso a transladar teu corpo.

HÉRACLES

Quanto a prover a pira referida?

HILO

Só se eu não encostar um dedo nela.
Não me oporei a realizar o resto.   1.215

HÉRACLES

É o suficiente. Só um favor a mais
eu peço, além dos grandes que me prestas.

HILO

Verás que o cumpro, mesmo se de vulto.

ΗΡΑΚΛΗΣ

Τὴν Εὐρυτείαν οἶσθα δῆτα παρθένον;

ΥΛΛΟΣ

Ἰόλην ἔλεξας, ὥς γ' ἐπεικάζειν ἐμέ.   1.220

ΗΡΑΚΛΗΣ

Ἔγνως. Τοσοῦτον δή σ' ἐπισκήπτω, τέκνον·
ταύτην, ἐμοῦ θανόντος, εἴπερ εὐσεβεῖν
βούλει, πατρῴων ὁρκίων μεμνημένος,
προσθοῦ δάμαρτα, μηδ' ἀπιστήσῃς πατρί·
μηδ' ἄλλος ἀνδρῶν τοῖς ἐμοῖς πλευροῖς ὁμοῦ   1.225
κλιθεῖσαν αὐτὴν ἀντὶ σοῦ λάβοι ποτέ,
ἀλλ' αὐτός, ὦ παῖ, τοῦτο κήδευσον λέχος.
Πείθου· τὸ γάρ τοι μεγάλα πιστεύσαντ' ἐμοὶ
σμικροῖς ἀπιστεῖν τὴν πάρος συγχεῖ χάριν.

ΥΛΛΟΣ

Οἴμοι. Τὸ μὲν νοσοῦντι θυμοῦσθαι κακόν,   1.230
τὸ δ' ὧδ' ὁρᾶν φρονοῦντα τίς ποτ' ἂν φέροι;

ΗΡΑΚΛΗΣ

Ὡς ἐργασείων οὐδὲν ὧν λέγω θροεῖς.

ΥΛΛΟΣ

Τίς γάρ ποθ', ἥ μοι μητρὶ μὲν θανεῖν μόνη
μεταίτιος σοί τ' αὖθις ὡς ἔχεις ἔχειν,
τίς ταῦτ' ἄν, ὅστις μὴ 'ξ ἀλαστόρων νοσοῖ,   1.235
ἕλοιτο; κρεῖσσον κἀμέ γ', ὦ πάτερ, θανεῖν
ἢ τοῖσιν ἐχθίστοισι συνναίειν ὁμοῦ.

120

HÉRACLES

Conheces com certeza a filha de Êurito.

HILO

A quem tu te referes, pai, a Iole?   1.220

HÉRACLES

Exatamente. Disto eu te encarrego:
deves casar com ela assim que eu morra,
se queres preservar as juras antes
manifestadas, como a devoção
a mim. Não haja alguém, além de ti,   1.225
que ocupe o leito dela, outrora meu!
Cuida do tálamo tu mesmo, filho!
O generoso ofusca o próprio mérito,
se dá o que é grande e nega uma quimera.

HILO

Não faz sentido irar-se com enfermo,   1.230
mas quem ousa mirar teu pensamento?

HÉRACLES

Pareces recuar ao meu pedido.

HILO

Quem, se somente a moça é responsável
por minha mãe morrer e tua dor,
repito, quem, se o gênio vingativo,   1.235
alástor, não o adoece, aceita isso?
Prefiro a morte a conviver com vis!

ΗΡΑΚΛΗΣ

Ἀνὴρ ὅδ' ὡς ἔοικεν οὐ νεμεῖν ἐμοὶ
φθίνοντι μοῖραν· ἀλλά τοι θεῶν ἀρὰ
μενεῖ σ' ἀπιστήσαντα τοῖς ἐμοῖς λόγοις.   1.240

ΥΛΛΟΣ

Οἴμοι, τάχ', ὡς ἔοικας, ὡς νοσεῖς φράσεις.

ΗΡΑΚΛΗΣ

Σὺ γάρ μ' ἀπ' εὐνασθέντος ἐκκινεῖς κακοῦ.

ΥΛΛΟΣ

Δείλαιος, ὡς ἐς πολλὰ τἀπορεῖν ἔχω.

ΗΡΑΚΛΗΣ

Οὐ γὰρ δικαιοῖς τοῦ φυτεύσαντος κλύειν.

ΥΛΛΟΣ

Ἀλλ' ἐκδιδαχθῶ δῆτα δυσσεβεῖν, πάτερ;   1.245

ΗΡΑΚΛΗΣ

Οὐ δυσσέβεια, τοὐμὸν εἰ τέρψεις κέαρ.

ΥΛΛΟΣ

Πράσσειν ἄνωγας οὖν με πανδίκως τάδε;

ΗΡΑΚΛΗΣ

Ἔγωγε· τούτων μάρτυρας καλῶ θεούς.

ΥΛΛΟΣ

Τοιγὰρ ποήσω, κοὐκ ἀπώσομαι, τὸ σὸν

HÉRACLES

Esse sujeito não concede a moira
a mim que morro. Espera *ara*, ira
divina, assim avesso aos meus preceitos!   1.240

HILO

Parece que adoecerás em breve.

HÉRACLES

Espicaças o mal que adormecia.

HILO

Tristeza! Encontro-me numa aporia!

HÉRACLES

Por desdenhar o que te pede o pai.

HILO

Devo aprender a ser impiedoso?   1.245

HÉRACLES

Impiedoso, se me agrada o íntimo?

HILO

Justiça dá respaldo ao que eu pratique?

HÉRACLES

Exatamente: os numes testemunhem!

HILO

Que os deuses vejam que eu só levo a termo

θεοῖσι δεικνὺς ἔργον· οὐ γὰρ ἄν ποτε   1.250
κακὸς φανείην σοί γε πιστεύσας, πάτερ.

ΗΡΑΚΛΗΣ
Καλῶς τελευτᾷς, κἀπὶ τοῖσδε τὴν χάριν
ταχεῖαν, ὦ παῖ, πρόσθες, ὡς πρὶν ἐμπεσεῖν
σπαραγμὸν ἤ τιν' οἶστρον, ἐς πυράν με θῇς.
Ἄγ' ἐγκονεῖτ', αἴρεσθε· παῦλά τοι κακῶν   1.255
αὕτη, τελευτὴ τοῦδε τἀνδρὸς ὑστάτη.

ΥΛΛΟΣ
Ἀλλ' οὐδὲν εἴργει σοὶ τελειοῦσθαι τάδε,
ἐπεὶ κελεύεις κἀξαναγκάζεις, πάτερ.

ΗΡΑΚΛΗΣ
Ἄγε νυν, πρὶν τήνδ' ἀνακινῆσαι
νόσον, ὦ ψυχὴ σκληρά, χάλυβος   1.260
λιθοκόλλητον στόμιον παρέχουσ',
ἀνάπαυε βοήν, ὡς ἐπίχαρτον
τελέουσ' ἀεκούσιον ἔργον.

ΥΛΛΟΣ
Αἴρετ', ὀπαδοί, μεγάλην μὲν ἐμοὶ
τούτων θέμενοι συγγνωμοσύνην,   1.265
μεγάλην δὲ θεῶν ἀγνωμοσύνην
εἰδότες ἔργων τῶν πρασσομένων,
οἳ φύσαντες καὶ κληζόμενοι
πατέρες τοιαῦτ' ἐφορῶσι πάθη.
Τὰ μὲν οὖν μέλλοντ' οὐδεὶς ἐφορᾷ,   1.270
τὰ δὲ νῦν ἑστῶτ' οἰκτρὰ μὲν ἡμῖν,
αἰσχρὰ δ' ἐκείνοις,

o que comandas! Não parecerei   1.250
um torpe se obedeço ao que me ordenas.

HÉRACLES

Concluis o caso bem. Sem mais delongas,
depõe meu corpo, filho, sobre a pira,
antes que me espicace espasmo ou síncope!
Vamos, me leva embora! Eis o desfecho,   1.255
o fim estertorante de mim mesmo!

HILO

Nada me impede agir, pois que me obrigas,
pater, a executar o que decides.

[Entram os companheiros de Hilo, que levantam a liteira]

HÉRACLES

Vamos, antes que irrompa novamente
a doença, ó psique acre!   1.260
Um morso de aço cimentado em pedra
impeça o grito,
cumprindo qual se fora prazerosa a obra adversa!

HILO

Poupai-me da mais mínima
repulsa, amigos!   1.265
Erguei seu corpo, cientes da repulsa
dos deuses, máxima no que executam:
procriam, são denominados pais,
e veem, cimeiros, tudo o que sofremos.
Não há quem possa ver o que há de vir,   1.270
mas para nós o horror se instaura agora,
e para os numes a ignomínia,

χαλεπώτατα δ' οὖν ἀνδρῶν πάντων
τῷ τήνδ' ἄτην ὑπέχοντι.

ΧΟΡΟΣ

λείπου μηδὲ σύ, παρθέν', ἀπ' οἴκων,　　1.275
μεγάλους μὲν ἰδοῦσα νέους θανάτους,
πολλὰ δὲ πήματα <καὶ> καινοπαθῆ·
κοὐδὲν τούτων ὅ τι μὴ Ζεύς.

e para esse homem que se arruína,
ate não haverá mais árdua: calamidade!

CORO

Não permaneças, moça, no solar!   1.275
Ao teu olhar as mortes renovaram-se
descomunais, e tantas dores, únicas,
e do que é só há o que seja Zeus.

Agonia do herói arcaico

Trajano Vieira

Foi Edith Hall quem recentemente chamou a atenção para o fato de ter sido Ezra Pound, com sua tradução das *Traquínias*, publicada em 1957,[1] o responsável por recolocar em circulação essa peça de Sófocles, durante anos considerada menor pelos especialistas. A helenista alude, por exemplo, à opinião negativa de A. W. Schlegel, que chegou a duvidar de sua autoria...[2]

Não se sabe ao certo quando Sófocles a encenou, mas, do ponto de vista mitológico, é posterior aos episódios do *Héracles* de Eurípides. Nesta, o protagonista rejeita o suicídio e a antropomorfia dos deuses gregos, valorizando a amizade por Teseu, que o acolhe em Atenas. Já o drama de Sófocles termina com a morte do herói, nas chamas que o consomem no topo de uma montanha. A leitura conjunta das duas peças pode oferecer ao leitor a oportunidade de se aprofundar na poética dos autores, que apresentam concepções bastante diversas. O caráter sublime do herói tradicional, sustentado pelo acúmulo de proezas que traz na volta ao lar, repercute de algum modo nos dois textos. A aura que coroa a superação de provas sobre-humanas, se não chega a ser totalmente

---

[1] *Sophokles — Women of Trachis, a version by Ezra Pound*, Nova York, New Directions, 1957. A tradução de Pound foi publicada originalmente em *The Hudson Review*, vol. 6, nº 4, 1954, pp. 487-523.

[2] Edith Hall, *Greek Tragedy: Suffering Under the Sun*, Oxford, Oxford University Press, 2010, p. 318.

ofuscada ao longo dos dramas, revela-se insuficiente para se impor a acontecimentos de outra ordem. Curiosamente, tanto *As Traquínias* quanto *Héracles* dedicam quase dois terços da totalidade dos versos às mulheres de Héracles: Dejanira e Mégara. A situação e o perfil das duas são bem diferentes. Se ambas aguardam o retorno do herói, Mégara enfrenta bravamente a situação fatal, imposta pelo tirano Lico. Dejanira, por sua vez, revela natureza frágil, vulnerável e titubeante, incapaz de se impor aos fatos. Sua experiência anterior apresenta aspectos traumáticos, e, sobre esse ponto, Sófocles recorre a figuras mitológicas monstruosas, ausentes de suas outras seis peças supérstites. Refiro-me ao ser metamórfico Aqueloo e ao centauro Nesso, derrotados por Héracles. Como costuma ocorrer em Sófocles, afeito a paradoxos, Dejanira reúne forças para tomar uma única atitude no drama, justamente a responsável por duas mortes, a sua e a do marido.

O tempo ocupa lugar central na dramaturgia sofocliana e está frequentemente associado ao processo de revelação do sentido verdadeiro da experiência. Da perspectiva de Dejanira, é a passagem do tempo que possui caráter dramático: a percepção feminina do envelhecimento e da perda de atrativo físico. Iole representa o que ela fora na juventude, a beleza que não mais lhe pertence, mas que continua a despertar o desejo de Héracles. Se, no passado, o herói vencera monstros para conquistá-la, no presente aniquila a família de Iole e sua cidade para introduzi-la sob o mesmo teto de Dejanira. Remeto o leitor à discussão que Malcolm Davies apresenta em sua edição comentada das *Traquínias* sobre a maestria com que Sófocles recorta e recompõe versões anteriores do mito, concernentes a esse episódio.[3] Trata-se de um procedimento

---

[3] *Sophocles — Trachiniae*, organização e introdução de Malcolm Davies, Oxford, Oxford University Press, 1991, pp. xxii ss.

que evidencia o vigor do pensamento mitológico, cuja característica precípua é desconsiderar a noção de centro gerador, privilegiando versões que se ramificam e entretecem de maneira extremamente complexa ao longo da história, dependendo dos gêneros literários que o configuram. O poeta opera uma notável compactação do tempo ao falar dos quinze meses posteriores à última visita de Héracles à família: serve durante um ano a uma mulher de nome Ônfale, por ordem de Zeus, descontente com o modo como assassinou Ífito, irmão de Iole, filho de Êurito. Terminado o período de servidão, nos três meses seguintes, perfazendo os quinze aludidos no início da tragédia, Héracles retorna à cidade de Êurito, mata seus habitantes e sequestra Iole. A ansiedade de Dejanira, em sua primeira fala, tem a ver com esse lapso temporal, mais especificamente, com o oráculo registrado na tabuleta que Héracles deixara ao partir: ao término dos quinze meses, ou sua vida chegaria ao fim no local onde se encontrasse ou ele passaria a gozar de existência venturosa. A importância do registro escrito pode ser notada em vários trechos da peça. Ele acentua um ponto recorrente na obra do autor: existe uma mensagem sobre a verdade dos fatos, de matriz divina, que não se oferece de maneira evidente e imediata. Como em outras peças, Sófocles cria nas *Traquínias* um descompasso entre o que os homens julgam ser a verdade do que vivem e o sentido verdadeiro, revelado tragicamente. Note-se a coerência perfeita entre a fala de abertura de Dejanira e o verso final do drama. Na primeira, a esposa de Héracles observa que só é possível avaliar se a vida foi positiva ou não no limiar da morte; na frase final, de tom oracular, o coro registra: "e do que é só há o que seja Zeus".

Não é por acaso que a última palavra do drama é Zeus, pois é ele que detém o conhecimento sobre o sentido cósmico. Por mais brilhante que seja o personagem em sua busca de explicações, como é o caso de Édipo, escapa-lhe o que está oculto em sua própria experiência, de que só se dará conta no momento da inversão catastrófica. O conhecimento efetivo tem caráter transcendente, pertence a Zeus. Trata-se do paradoxo trágico: o homem decide seu percurso, ao qual atribui sentido, mas seu alcance é limitado e revela-se, por fim, equivocado. Seu consolo é a natureza cíclica das vicissitudes, que em seu autogiro lembra a constelação de Ursa, a qual, já em Homero (*Ilíada*, XVIII, 487 ss.; *Odisseia*, V, 272 ss.), tinha a particularidade de não se banhar no Oceano, devido ao caráter fixo de sua rotação. A Ursa gira em si mesma e, nesse movimento, não apenas lança luz sobre situações cósmicas diferentes, como se mantém idêntica (vv. 129-135). Essa imagem, transposta para o universo humano, concerne ao tópico da identidade e da diferença tão caro a Heráclito. O tempo humano não é propriamente o da passagem, mas se particulariza pela mutação. Tal mutação ocorre sempre no mesmo e impede, segundo Sófocles, a captação do sentido real. Em outras palavras, a transitoriedade inevitável implica na compreensão precária e ilusória da experiência, o que não tem a ver com o exercício mais ou menos aguçado da razão. Édipo, como mostrou brilhantemente Bernard Knox, é prova disso.[4] Nenhum outro personagem da tragédia grega exibiu tanta agudeza ao levantar hipóteses sobre os acontecimentos e investigá-las com rigor, e nenhum outro personagem passou tão longe da resposta verdadeira, a única que não poderia supor. O destino só se desvela, observa Dejanira no início da peça, nos instantes finais da vida, quando seu movimento chega ao fim. Diante da aporia inescapável — sugere Sófocles em vários momentos —, cabe-nos enfrentar os episódios fugazes da vida, cujo sentido efetivo permanece enigmático, com a lucidez disciplinada, outra forma de se denominar a temperança.

---

[4] Bernard Knox, *Oedipus at Thebes*, New Haven, Yale University Press, 1957 (ed. bras.: *Édipo em Tebas*, trad. Margarida Goldsztajn, São Paulo, Perspectiva, 2002).

As *Traquínias* enfocam o tema do conhecimento. A ansiedade manifestada por Dejanira cede lugar ao júbilo do coro, com a notícia do retorno de Héracles vivo. A chegada da jovem silenciosa instaura novo desequilíbrio, quando sua identidade é finalmente revelada por Licas. O filtro que a princípio restauraria o desejo do marido mostra-se fatal, causando sua morte. O herói mais impetuoso e voraz da mitologia grega, aquele que conseguiu superar as provas mais impossíveis, morre por causa de uma mulher, e chora, ao final, "como uma mulher". As polarizações caracterizam o teatro sofocliano e são responsáveis pelo que se convencionou chamar ironia trágica. Winnington-Ingram argumenta que a questão central das *Traquínias* é sexual.[5] Não há dúvida de que as ações são motivadas pela pulsão erótica e pelo que decorre das situações de atração e rejeição. A desestruturação do equilíbrio doméstico de Dejanira nasce de sua tentativa de canalizar para si o desejo que recai sobre a jovem nobre. É verdade que, sem essa motivação, a tragédia não existiria. Mas o que está por trás disso é a questão do conhecimento. Quando Hilo informa o pai de que o veneno disseminado nas vestes enviadas pela mãe havia sido concebido pelo centauro Nesso, agonizante da flecha desferida por Héracles, este finalmente compreende o oráculo, segundo o qual um morto causaria sua morte. O enigma divino revela-se para o herói, que conclui que sua vida chegou ao fim. Héracles que, no curso dos doze trabalhos, frequentara o Hades, imaginara que a morte, sentenciada pelo oráculo, ocorreria nesse espaço. Mas a linguagem oracular costuma ser extremamente críptica, tanto no caso de Édipo como no de Héracles. Onde menos se imagina que esteja, é ali que a verdade cósmica, sob controle de Zeus, perdura. O paradoxo da formulação ora-

---

[5] R. P. Winnington-Ingram, *Sophocles: An Interpretation*, Cambridge University Press, 1980, pp. 73-90.

cular não é uma charada que premia os mais capacitados em dedução de sistemas complexos, mas a metáfora da impossibilidade de atingir a resposta certa.

Essa é a estratégia textual que tanto interessou a Sófocles, na qual permanece imbatível. A polarização de seu universo nasce de a resposta certa ser a menos aventada pelo público que acompanha a representação ou pelo leitor que segue os episódios. A expectativa gerada por esse procedimento certamente foi deliberada. Mesmo considerando que episódios tradicionais do mito eram conhecidos de antemão, havia a expectativa sobre como os acontecimentos seriam concatenados. De qualquer modo, a sobreposição de dois planos, o da busca, pelo personagem, do sentido do destino, indicado pelo oráculo divino, e o da busca, pelo leitor, do sentido textual, não deve ser subestimada. Assim, com o verso final, "e do que é só há o que seja Zeus", Sófocles, cuja religiosidade é por demais conhecida, poderia estar aludindo à própria atividade, àquilo que o público acabou de vislumbrar por seu intermédio. Se essa leitura não for incorreta, o poeta estaria, conforme tradição que remonta a Homero e Hesíodo, se colocando como porta-voz de uma verdade de que não é autor, mas mensageiro. Sua linguagem preservaria o valor de verdade perene reivindicado por vários poetas gregos. O que os personagens desconhecem, limitados pelos parâmetros contingentes da experiência, Zeus domina e, como seu intermediário, o poeta.

Retornando às observações iniciais, cabe enfatizar a grande diferença na concepção do Héracles de Sófocles e na de Eurípides. Na esteira de Ájax, o Héracles sofocliano não suporta que os demais o vejam como ele não imagina ser visto: frágil e vulnerável. O narcisismo sem limite caracteriza os heróis da tradição homérica, que preferem a morte a que outros os considerem indivíduos sujeitos a episódios rotineiros. Os atos grandiosos que praticam têm como objetivo a manutenção da distância em que se posicionam, alheios à dinâmica de fatos redundantes que dão ritmo à experiência. Ao perceberem que suas proezas são insuficientes para a preservação da autoimagem, ao notarem que foram enredados por acontecimentos que não controlam e que os colocam no plano dos demais, antecipam a morte. É o que acontece com o Héracles de Sófocles, mas não é o que acontecerá com o Héracles de Eurípides. O último recusa a visão tradicional da religião grega, atribuindo aos poetas a "mentira" sobre a antropomorfia dos deuses e sobre sua interferência no cosmos humano. Os deuses seriam entes abstratos e indiferentes ao homem. A importância do acaso para explicar o inexplicável se acentua e, com ele, a novidade do ponto de vista subjetivo: o heroísmo deixa de ser a *performance* idealizada para se tornar a capacidade humana de vivenciar introspectivamente as fantasmagorias decorrentes de traumas pessoais.

Creio que esses aspectos podem suscitar o interesse pela leitura conjunta das tragédias que trazem Héracles como protagonista. Haverá muitos outros, dentre os quais destaco o da concepção literária. Sófocles desperta em nós o desejo de prosseguir a leitura para descobrir as decorrências imprevisíveis de certas atitudes. Sabemos que de um personagem inesperado ou de uma ação específica irromperá uma consequência negativa. Buscamos justamente nos inteirar do efeito negativo no destino do personagem. É o processo de consciência dolorosa que capta nossa atenção. Já o texto de Eurípides nos surpreende pela construção inesperada, de que *Héracles* é o exemplo máximo, por resultar da justaposição de dois episódios trágicos independentes. Outro recurso literário admirável em Eurípides é a inclusão de discussões em que ecoam tópicos da filosofia e da ciência da época. Não é comum encontrar em autores clássicos, por exemplo, um personagem se referir aos membros do Olimpo como invenção poética, assim como não é comum um herói trágico compreender seu poder limitado e aceitar o caráter impositivo da vida. Mas, repito, esses são apenas alguns dos pontos que surgem a cada releitura de obras da magnitude de *As Traquínias* de Sófocles e do *Héracles* de Eurípides. Talvez não incorra em estereótipos graves se delinear o projeto de ambos de maneira binária, apenas como convite à imersão textual: ironia verbal *versus* arrojo formal; serenidade *versus* angústia estética; paradoxo existencial *versus* latência patológica; vulnerabilidade da radiância heroica *versus* instrospecção com traços depressivos; infraestrutura perene do cosmos *versus* estruturação aleatória do universo humano.

Métrica e critérios de tradução

A estrutura métrica da tragédia grega é bastante complexa. Nos diálogos, predomina o trímetro jâmbico, que possui o seguinte esquema:

x — ᴗ —   x — ᴗ —   x — ᴗ —

Em outros termos, a primeira sílaba do segmento ("pé") pode ser breve ou longa; a segunda, longa; a terceira, breve; a quarta, longa. Essa unidade é repetida três vezes no verso. Em lugar da alternância entre sílabas átonas e tônicas, em grego o ritmo varia entre breve e longa (esta última tendo duas vezes a duração da breve).

Por outro lado, a métrica dos coros é bastante diversificada e apresenta dificuldade ainda maior de escansão, decorrente, entre outros motivos, do acúmulo de elisões e cesuras, bastante comuns nesses entrechos.

Na tradução de *As Traquínias*, uso o decassílabo na maior parte dos diálogos, com variação acentual, respeitando os parâmetros rítmicos possíveis para esse tipo de verso em português. Nos episódios corais e nos diálogos que não seguem o padrão do trímetro jâmbico, emprego o verso livre, privilegiando a acentuação nas sílabas pares.

Adotei procedimento semelhante na tradução do *Filoctetes*, de Sófocles (São Paulo, Editora 34, 2009), onde, numa nota sobre o assunto, incluí um percurso dos versos gregos e as opções de tradução para o português.

Sobre o autor

Filho de Sófilo, Sófocles nasceu em Colono, vila situada dois quilômetros ao norte de Atenas. Autor de 123 peças, das quais só conhecemos sete — *Ájax, Antígone, As Traquínias, Electra, Édipo Rei, Filoctetes* e *Édipo em Colono* —, viveu cerca de noventa anos (496-406 a.C.). Sua carreira foi marcada por repetidos sucessos: de todos os concursos de tragédia de que participou, ficou em primeiro ou em segundo lugar, jamais em terceiro (último). Sua estreia e primeira vitória ocorreu em 468 a.C., ocasião em que derrotou Ésquilo, até então o mais bem-sucedido trágico grego, ganhador, entre outros, do concurso em 472 a.C., com a trilogia de que fazia parte *Os Persas*.

Sófocles é contemporâneo dos principais acontecimentos do quinto século ateniense: tinha 36 anos de idade quando o historiador Tucídides nasceu, 40 quando Ésquilo faleceu em Gela, na Sicília, 67 quando Péricles morreu em decorrência da peste que assolou Atenas em 429 a.C. Provavelmente assistiu ao primeiro triunfo de Eurípides numa competição dramática, em 449 a.C., quando contava 47 anos. Viu o Parthenon ser erigido em 447 a.C. e a portentosa estátua de Palas Atena em ouro e marfim, obra de Fídias, ser depositada no templo em 438 a.C. No mesmo ano em que representou *Édipo Rei* (425 a.C.), Aristófanes levava a público sua primeira comédia: *Acarneus*. Vivenciou os quase 27 anos da guerra contra Esparta, falecendo em 406 a.C., dois anos antes da capitulação de sua cidade.

Teve participação destacada na vida pública de Atenas, seja como tesoureiro entre 443 e 442 a.C., seja como general durante a revolta de Samos (441 a.C.). De acordo com Aristóteles (*Retórica*,

1419a 25), foi um dos dez conselheiros designados para reverter a situação crítica por que passava a cidade após a derrota de sua armada em Siracusa (413 a.C.). Apesar disso, Íon de Quios, seu contemporâneo, escreveu que Sófocles carecia de habilidade política maior. De seus cinco filhos, um se tornou poeta trágico (Iofon) e outro (Ariston) foi pai do jovem Sófocles, que produziu a última tragédia do avô, *Édipo em Colono*, em 401 a.C. Segundo Plutarco (*Numa*, 3), Sófocles teria sido responsável, em 420-19 a.C., pela introdução em Atenas do culto ao deus Asclépio e à serpente que o simbolizava. Depois de sua morte, foram-lhe conferidas honras de herói, tendo sido cultuado com o nome de Dexion.

Sugestões bibliográficas

Longe de pretender ser exaustivo nas indicações e apenas com o intuito de sugerir alguns títulos de obras que podem auxiliar o leitor no exame aprofundado das *Traquínias*, menciono, desde logo, a extraordinária tradução recriativa de Ezra Pound, cujo registro coloquial permanece bastante atual, publicada originalmente em 1954 na *Hudson Review* (vol. 6, nº 4) e reeditada em livro pela Faber and Faber (*Women of Trachis*, Londres, 1969). Esta edição traz introdução de S. V. Jankowski, que compara arrojadas soluções de Pound com as de professores universitários como Gilbert Murray. As duas melhores edições críticas de que tenho conhecimento são de P. E. Easterling (*Sophocles — Trachiniae*, Cambridge, Cambridge University Press, 1982), com aguda introdução que, entre outros méritos, é redigida com notável clareza. Suas análises pontuais de versos oferecem perspectivas invariavelmente instigantes aos estudiosos do drama. Menos literários, mas apurados filologicamente, são os comentários de Malcolm Davies na sua edição da obra (*Sophocles — Trachiniae*, Oxford, Oxford University Press, 1991). O volume coletivo em homenagem a Pat Easterling (*Sophocles and the Greek Tragic Tradition*, organização de Simon Goldhill e Edith Hall, Cambridge University Press, 2009), inclui um capítulo sobre *As Traquínias*, de autoria de Edith Hall. A ampla bibliografia final revela-se bastante atualizada e abrangente. Creio que o leitor encontrará ainda interesse na antologia organizada por Harold Bloom (*Sophocles*, Nova York, Chelsea House Publishers, 1990), que inclui um estudo de Marsh McCall sobre a peça aqui publicada.

Excertos da crítica

"A ação divide-se em duas partes. A primeira, mais longa, corresponde à ruína de Dejanira; a segunda, mais breve e conclusiva, abrange a ruína de Héracles. Embora ambas as ruínas estejam intimamente ligadas por meio da fábula e até mesmo, segundo o mito, o destino da mulher tenha lugar apenas como parte do destino do homem, os dois destinos, contudo, não estão entrelaçados no drama, no decurso cênico e são representados um depois do outro, sem que apareçam visivelmente interligados. Sem dúvida, desde o começo da peça vê-se a iminência e a proximidade do destino do homem, não há qualquer deficiência nos anúncios que o preparam até o momento em que ele sobe ao palco, e, mesmo assim, a representação da peça não nos mostra no todo nenhum 'destino a dois', como é o destino de Romeu e Julieta ou de Fedra e Hipólito, e, sim, ela mostra — como é de se esperar da divisão exterior das cenas —, também segundo o significado, *dois* destinos que se alinham um ao lado do outro em uma espécie de sequência rítmica, embora um tenha o sentido oposto ao do outro. O conteúdo essencial desse drama é o duplo isolamento, a separação reiterada e o afastamento alienante de uma proximidade protetora que atinge dois personagens que certamente se correspondem e estão presos um ao outro, mas que, por causa do demônio residente, são autônomos e, como destinos, permanecem fechados em si mesmos. O drama mostra, se quisermos uma fórmula para isso, não um único destino a dois, mas os dois destinos em um único.

É a forma do destino que determina a forma das cenas. A atitude fundamental dos personagens principais, tanto na primeira parte quanto na segunda, permanece um monólogo pleno de destino, mesmo quando travam diálogo com um outro personagem."

Karl Reinhardt (*Sophokles*, Frankfurt am Main, V. Klostermann, 1933. Edição brasileira: *Sófocles*, tradução de Oliver Tolle, Brasília, Editora UnB, 2007)

"*As Traquínias* é uma história de amor. De acordo com uma anedota em Plutarco, assim como pela própria admissão de Sófocles, este conhecia bem o seu assunto. Se ele deixou que Eurípides tratasse dos detalhes menos dignificantes do amor, pôde ele mesmo ocupar-se dos aspectos mais trágicos e mais belos, e ao menos sugerir o resto. A própria Dejanira é delineada *con amore*. Sem dúvida, ela deve algo, não se sabe o quanto, a *Alceste* de Eurípides; mas ela é mais silenciosa, nobre e doce. Por certo há suficientes traços especificamente sofoclianos sobre ela que possibilitam a total originalidade do autor aqui. Algo de seu esboço já despontara em Tecmessa: ambas possuem a qualidade paradoxal da força complacente, não de uma submissão fraca, mas inteligente e heroica, tão característica das heroínas de Shakespeare — um tipo de talento para coisas humanas. Certamente Eurípides jamais chegou a pretender tanto. Alceste tornou-se o protótipo duradouro de uma mulher nobre: salvou o marido, enquanto Dejanira aniquilou o seu. No entanto, há um quê de contenção e de grandeza heroica que fazem de Dejanira infinitamente mais a *ewig-Weibliche* do que a dama graciosa mas autoconsciente de Eurípides. Dejanira é toda amor; provavelmente é o único retrato digno ao extremo de uma mulher de apaixonada devoção remanescente na tragédia grega; devemos retroceder à Andrômaca ou Penélope homéricas para encontrarmos entes que se lhe pareçam. A última, fiel guardiã do lar para um marido ausente, é um modelo óbvio. Mas Penélope parece ser um reflexo de suas provações, e tais provações nunca são intimamente tão pungentes quanto as de Dejanira. Qual teria sido a decepção da grande rainha se Odisseu tivesse trazido Nausícaa para casa? O que Medeia fez?

Dejanira preserva sua dignidade em meio a tais humilhações por sua profunda comiseração. Isso constitui um tipo de *sophrosyne* fundamental, não apenas em relação a Héracles, mas também em relação a Iole e até mesmo em relação à velha ama. Sua disciplina inflexível traduz-se no tom baixo de voz. Quando há motivo para júbilo, ela se alegra embora com reserva, porque o futuro é obscuro, mas sobretudo porque o sofrimento dos demais desperta nela piedade e medo. Ao olhar para as jovens prisioneiras, instintivamente repara em Iole e a indaga impulsivamente, movida pela profundidade efetiva da compaixão e pela inteligência humana. A mesma compaixão e inteligência livram-na de todo ciúme e rancor. Ela acolhe a jovem gentilmente e envia seu amor para Héracles com uma modéstia delicadamente concebida a fim de evitar qualquer embaraço minimamente desnecessário (vv. 630-32):

> Não tenho nada a acrescentar. Eu temo
> ser prematuro reafirmar que o amo
> antes de conhecer seu sentimento.

Seu amor tem uma abrangência universal que não se esgota em Héracles, mas a torna sensível a todo estímulo humano e gentil como nenhum outro protagonista sofocliano e quase nenhum outro personagem grego. É um tipo de supremacia de gentileza, um tipo de *areté*. O que quer que Sófocles tenha aprendido de Eurípides, não foi com ele que aprendeu o mistério de um indivíduo tão moldado a um tipo de perfeição na qual o individual inclui o universal. *Areté* que ultrapassa a norma torna-se um fato ético de maior consequência que a norma, e Dejanira é tão nobre em sua perfeição especial quanto Antígone é na sua."

Cedric H. Whitman (*Sophocles: A Study of Heroic Humanism*, Cambridge, Harvard University Press, 1966)

"Atribuir eventos a Zeus é insistir em que eles se conformam a um plano racional, por mais obscuro que seja. Mas esse projeto pode não ser mais do que as regras que ele estabeleceu para a vida mortal, que não permitem que ninguém escape sem sofrer. Na *Ilíada*, Héracles é o exemplo de uma regra universal: até mesmo Héracles morre (18, 117). Que Zeus permita que o próprio filho sofra e morra pode apenas provar que deuses diferem dos mortais. Entretanto, os oráculos sugerem um padrão específico para Héracles, alguma preocupação particular oculta sob o encadeamento causal visível. E isso leva à questão da apoteose de Héracles. Até meados do século V, a versão corrente do mito apresentava a ascensão de Héracles ao monte Olimpo, para viver feliz como um deus, e sua ascensão era, às vezes pelo menos, imaginada como tendo lugar a partir da pira no monte Eta. A peça não alude diretamente ao mito, mas detalhes da conclusão parecem tê-lo em vista. Héracles insiste que a pira vai colocar um fim a seu sofrimento. Deve ser construída com carvalho e oliveira, usada no culto a Héracles no monte Eta. Hilo a contruirá mas não a acenderá (isso foi feito por Filoctetes ou seu pai Poia). O próprio fato de a pira ser assim enfatizada teria trazido o mito à mente da plateia.

Não há, contudo, sinal claro, e Héracles não espera nada que não seja a morte. Ameaça Hilo afirmando que, em caso de desobedecimento, será amaldiçoado desde os ínferos (vv. 1.201-2). Mas o tom muda drasticamente quando Héracles percebe que os oráculos se cumprem e que a morte se avizinha. Embora Hilo busque em sua fala eximir a mãe, Héracles não exibe interesse por ela. Ele tem procedimentos a concluir, e pergunta por sua mãe e pelos demais filhos, ficando satisfeito quando Hilo esclarece que o resto da família está distante. Suas lamentações terminam. Seu tom torna-se peremptório ao exigir que Hilo prepare a pira sem chorar. Não há evidência de alguma compreensão especial, exceto que os oráculos se efetivaram. Héracles tem um conhecimento muito particular sobre como sua morte deve ocorrer, mas não por quê. Quando Hilo aceita construir a pira, exige do filho um segundo 'pequeno favor' (*kharis*): que se case com Iole. Nenhum outro homem terá a mulher que uma vez se deitou com ele (vv. 1.225-6). A reação de Hilo é de horror; não apenas porque a relação é quase incestuosa, mas porque a jovem é parcialmente responsável pelas mortes da mãe e do pai. Mas Héracles insiste. Héracles não parece preocupado com a jovem nem com seu filho, mas, por outro lado, sua insistência não sugere apenas egoísmo. Na tradição mitológica, Hilo e Iole são ancestrais de uma linhagem de reis. Sófocles não se via forçado a introduzir esse futuro no drama, nem Héracles parece saber disso, mas a plateia certamente rememorava o episódio."

Ruth Scodel (*Sophocles*, Boston, Twayne Publishers, 1984)

"Nas *Traquínias*, a visão humanista de Sófocles como um dramaturgo das emoções e índole encontra seu maior obstáculo. O monstruoso deus-rio Aqueloo cortejando uma donzela frágil e derrotado em meio a uma refrega de punho e chifre; o 'homem-besta' morto no rio; o sangue venenoso do Centauro misturado ao veneno da Hidra; o tufo de lã ardendo e desintegrando-se nefastamente à luz do sol; os sofrimentos hediondos do grande herói Héracles enquanto o veneno, inflamado pelo fogo sacrificial e por seu próprio suor ao massacrar touros, infiltra-se em sua carne — esse é o material mítico do qual Sófocles faz suas *Traquínias*. Tais elementos não são meramente peças de vinhetas decorativas ou "quadros sensacionais". São elementos essenciais numa das criações mais ousadas e poderosas da poesia dramática grega. E, entretanto, o fracasso em levar completamente a sério esses elementos míticos e as imagens que os cercam causou mal-entendidos e a valorização negativa desta grande peça.

Nenhum outro drama sofocliano remanescente faz uso de tal material mítico intratável, abrindo tal hiato entre os personagens como seres humanos e os personagens como figuras simbólicas. Sófocles delineia a tragédia doméstica de Dejanira com a totalidade e o naturalismo apropriados às sensibilidades desenvolvidas do âmbito civilizado ao qual ela pertence, enquanto Héracles nunca emerge inteiramente do passado mítico remoto e dos poderes antigos da natureza a que ele se impõe. Por necessidade, recebe uma representação mais esquemática, menos realista. No entanto, essa mesma diferença reflete o fato de a peça nos colocar na interseção de mundos opostos, na fronteira entre homem e besta, entre civilização e motivações animais primitivas."

Charles Segal (*Sophocles' Tragic World: Divinity, Nature, Society*, Cambridge, Harvard University Press, 1995)

Introdução às *Traquínias*[1]

Patricia E. Easterling

A reputação das *Traquínias*, assim como as fortunas de Héracles (versos 112-9), tem tido seus altos e baixos. A peça foi evidentemente admirada na Antiguidade, ou não teria sobrevivido; mas não foi tão amplamente estudada como as outras peças durante a Idade Média em diante, e teve pouco apelo para o gosto do século XIX.[2] A crítica recente tem demonstrado mais simpatia por ela.[3] As *Traquínias*, enfim, é uma peça sutil e muitíssimo sofisticada sobre emoções primitivas, e leitores modernos podem mais facilmente acompanhar em seu passo características que seus predecessores achavam confusas ou ofensivas: o bem pouco romântico tratamento da paixão sexual, a apresentação de Héracles como um herói extremamente atípico de Sófocles, a negligência

---

[1] Extraído de *Sophocles — Trachiniae*, Cambridge Greek and Latin Classics, organização de P. E. Easterling, Cambridge, Cambridge University Press, 1982, pp. 1-12 ("Introduction — 1. The Play"). A presente tradução ao português foi realizada por Dirceu Villa.

[2] Ver Charles Segal, "Sophocles' *Trachiniae*: Myth, Poetry, and Heroic Values", *Yale Classical Studies*, vol. 25, 1977, p. 101, para exemplos.

[3] Segal cita muitos estudos recentes; cf. também R. P. Winnington-Ingram, *Sophocles: An Interpretation*, Cambridge, Cambridge University Press, 1980, cap. 4; Umberto Albini, *Interpretazioni teatrali*, Florença, Le Monnier, 1972, pp. 55-65 (*La Parola del Passato*, nº 121, 1968, pp. 262-70); Charles Fuqua, "Heroism, Heracles and the *Trachiniae*", *Traditio*, vol. 36, 1980, pp. 1-81; P. E. Easterling, "The End of the *Trachiniae*", *Illinois Classical Studies*, vol. 6, 1981, pp. 56-74.

com Dejanira nas cenas finais, após ela ter sido estudada tão intimamente nos prévios três quartos da peça. Mas não há como negar que os problemas persistem: não há muita estrutura ou tom moral como pano de fundo, pressupostos religiosos e culturais nos quais a peça esteja baseada.

Seria também adequado começar com uma breve consideração sobre a forma e os temas principais da peça. Pelos primeiros 970 versos dos 1.278 totais somos confrontados com a família de Héracles aguardando seu retorno. Como Taplin apontou, esta é uma peça de *nostos*, como *Os Persas*, *Agamêmnon*, *Héracles*, e a lógica de sua estrutura é a de que a cena que esperamos é "o foco e a conclusão da tragédia".[4] Podemos aceitar essa análise sem necessidade alguma de decidir quem é o "verdadeiro herói" da peça: Dejanira, Héracles, ou ambos, ou mesmo Hilo. Não há razão para supor que para Sófocles, o autor de *Ájax*, *Antígone*, *Filoctetes*, isso traria uma questão importante ou particularmente significativa, embora essa seja uma das questões debatidas infinitamente por críticos. (Em termos de *performance* há pouca dificuldade em determinar qual é a "parte da estrela", uma vez que quem desempenhasse o papel principal faria o de Dejanira, e não o de Héracles.)[5]

A peça é construída de modo que marido e mulher nunca se encontrem: Dejanira está morta antes que Héracles chegue. Isso foi visto frequentemente como uma falha dramática, e de fato poderia ser, se não houvesse conexão orgânica entre a cena de Héracles e o resto da peça, mas Sófocles repetidamente traz para o palco pessoas e coisas que ligam Dejanira e Héracles. *Iole* partilhou a cama de Héracles e agora é leva-

---

[4] Oliver Taplin, *The Stagecraft of Aeschylus*, Oxford, Oxford University Press, 1977, p. 84.

[5] Os outros papéis se dividem da seguinte forma: Hilo e Licas (deuteragonista?); Nutriz, Mensageiro, Velho (tritagonista?).

da à casa de Dejanira; *Licas* mete-se entre marido e mulher como mensageiro e portador de presentes; a própria túnica[6] é vista no palco em seu cofre com o selo de Dejanira (versos 614, 622), e mais tarde ela reaparece quando Héracles se livra da capa e mostra os danos em seu corpo (1.078-80). *Hilo* é fisicamente próximo a ambos os pais e se deitará com Iole: seu pai pede-lhe ajuda no sacrifício (797-802), ele toca e ergue Héracles na liteira (936-9). Todas essas ligações entre marido e mulher certamente reforçam o efeito dramático de sua incapacidade de encontro, de modo que a isso se dá uma tensão especial e um significado.

Além disso, a peça inteira lida com a exploração de uma quantidade de temas interrelacionados, todos os quais encontram sua completude não com a morte de Dejanira, embora esse seja um dos momentos mais intensos, mas na cena final. Tudo o que acontece é visto diante de um pano de fundo de mutabilidade, o eterno ciclo de alegria e tristeza vividamente capturado nas imagens do párodo: "sendeiro rotativo da Ursa" (130-1), a interminável alternância de noite e dia (94-5, 132-3), o movimento constante de ventos e ondas (111-19). A história de Dejanira é emoldurada por duas enfáticas *gnomai* que ressaltam a instabilidade das fortunas humanas (1-3, 943-6), um tema relembrado sempre que se faz referência à mudança de uma situação à outra — de donzela solteira a mulher casada (p. ex., 142-52), pessoa livre a escrava (p. ex., 236-306). O padrão não está de forma alguma completo quando Dejanira comete suicídio: a linguagem da mutabilidade se aplica com igual relevância a Héracles e a todas as esperanças do coro de que, como filho de Zeus, ele seja um caso especial, protegido de certa maneira das implicações todas de

---

[6] Cf. Charles Segal, "The Hydra's Nursling: Image and Action in the *Trachiniae*", *L'Antiquité Classique*, vol. 44, 1975, p. 615, e "Visual Symbolism and Visual Effects in Sophocles", *The Classical World*, vol. 74, 1980-81, pp. 129-31.

ser humano, e o êxodo é um estudo elaborado nas reversões que ele também tem de sofrer.

E então há o padrão da descoberta: um a um os personagens aprendem, tarde demais, a verdade efetiva de suas situações. Dejanira descobre que a suposta poção do amor é um veneno que matará Héracles; Hilo, que erroneamente acusou sua mãe; Héracles, que Nesso é a origem de seu sofrimento e que os oráculos sobre seu fim estão realmente sendo cumpridos. Até Licas descobre — de modo fugaz — que o que ele levou para Héracles não é um presente, mas um veneno mortal: os versos 775-6 enfatizam sua ignorância (ὁ δ' οὐδὲν εἰδὼς δύσμορος τὸ σὸν μόνης/ δώρημ' ἔλεξεν). Esse movimento de revelação progressiva é fortemente marcado na linguagem da peça: ἐκμανθάνειν e ἐκδιδάσκειν e as palavras "mostrar" e "ver" são insistentemente repetidas.[7]

Intimamente ligado a esse tema está o motivo da escrita: Dejanira descreve a "antiga tabuleta", com a mensagem inscrita, que Héracles lhe deu da última vez que saiu de casa (157-8), e mais tarde ela compara sua cuidadosa lembrança das instruções do Centauro à preservação de um texto escrito numa tabuleta de bronze (682-3); em 1.165-8, Héracles relembra como registrou o que o carvalho oracular lhe disse em Dodona. Em cada caso a implicação é a de que o conhecimento existe — a mensagem está lá, disponível e imutável —, mas só se torna inteligível à luz dos eventos. Não é por acidente que duas dessas mensagens são textos oraculares, pois essa, é claro, é a característica especial dos oráculos, a de que representam um vislumbre da verdade que pode apenas ser compreendida de modo apropriado quando ocorrem os eventos que profetizam: só então o texto críptico, ou mesmo sem sentido, ganha significado coerente. Só quando Hé-

---

[7] Cf. versos 143, 222-4, 225-6, 849-50, 860-1.

racles ouve o nome "Nesso" (1.141) é que compreende como poderá ser morto por alguém que já está morto (assim como Macbeth entende o sentido da predição de que sua vida "não cederia/ a quem nasceu de mulher" quando é confrontado por Macduff "do ventre da mãe/ arrancado precoce" (ato V, cena 7). Apenas quando Héracles é preso ao tormento da túnica o coro pode ver que "concluir os lavores" significava morte (821-30).

O conhecimento, então, está intimamente ligado ao tempo, como a peça deixa claro, em parte por meio das imagens do texto escrito e do uso de oráculos, com ênfase repetida nos períodos de tempo — quinze meses, um ano, doze anos[8] — que são significativos na carreira de Héracles, em parte pela ideia convincente de que o veneno permaneceu inativo todos esses anos, trazido de volta ao ser exposto à luz do sol. Há também grande insistência sobre o passado nessa peça, nas histórias do duelo entre Aqueloo e Héracles, na tentativa de estupro de Dejanira por Nesso, na visita de Héracles a Dodona. A linguagem utilizada nesses eventos sublinha o fato de que aconteceram há muito tempo: Dejanira tem uma "antiga" tabuleta de Héracles (157) e um "antigo" presente dado pelo Centauro há tempos (ʾHv μοι παλαιὸν δῶρον ἀρχαίου ποτὲ/ θηρός, 555-6), Héracles lembra de um "antigo" oráculo de Zeus que anotou em Dodona (1.165-7). Mas todas essas coisas — e os encontros com Aqueloo e Nesso — aconteceram durante a vida adulta dos personagens, e devemos hesitar antes de concluir que Sófocles estava tentando criar uma atmosfera especialmente remota ou arcaica nas *Traquínias*. Essas lembranças do passado parecem antes estar estreitamente enlaçadas aos temas do conhecimento e do tempo, e, em sua ênfase no modo como o passado pode ameaçar

---

[8] Cf. versos 77, 164-8, 647-50, 824-5.

e influenciar o presente, relembram outras peças de Sófocles, particularmente *Electra* e *Édipo Rei*.[9]

Para vários críticos essa ênfase no passado, associada ao uso do que veem como mitos do tipo "contos de fada", particularmente o conto de Aqueloo, sugeriu uma pista para a interpretação da peça.[10] O desenvolvimento mais completo dessas ideias foi feito por Segal, que traça a oposição de dois grupos de valores: de um lado aqueles de *oikos*, representados por Dejanira, as virtudes "quietas" admiradas no século V; do outro, os ermos da natureza (Ceneu, Eta), heroísmo arcaico, a violência da fera, todos representados por Héracles, que "nunca emerge inteiramente da remota mitologia e dos antigos poderes da natureza que conquista".[11] A peça fala de um "passado violento, primitivo, invadindo e destruindo uma casa civilizada com a qual nos identificamos e simpatizamos".[12] Mas esse movimento culmina em um novo tipo de heroísmo; a morte de Dejanira é apenas um final, mas a de Héracles guarda um sentido do futuro: ela "efetiva a trajetória de um heroísmo arcaico, épico, para um heroísmo inteiramente trágico".[13] Ninguém pode negar que os mitos de Aqueloo, Nesso e da Hidra são empregados para o poderoso efeito de sugerir uma força como de fera, a violência de *eros* operando nos seres humanos — tanto em Dejanira como em Héracles — e a extrema fragilidade da ordem e da

---

[9] Cf. *Electra*, versos 1.417-21; *Édipo Rei*, 1.213, 1.451-4; H. D. F. Kitto, *Form and Meaning in Drama*, Londres, Methuen, 1964, p. 193.

[10] Karl Reinhardt, *Sophokles*, Frankfurt, Klostermann, 1947, pp. 45-6 (pp. 37-8 na tradução inglesa de H. Harvey e D. Harvey, Oxford, Blackwell, 1979); F. J. H. Letters, *The Life and Work of Sophocles*, Londres, Sheed and Ward, 1953, pp. 176-7, 192-3; Charles Segal, "Sophocles' *Trachiniae*: Myth, Poetry, and Heroic Values", *art. cit.*, pp. 99-158.

[11] Charles Segal, *art. cit.*, p. 100.

[12] *Ibid.*, p. 106.

[13] *Ibid.*, p. 157.

civilização. Mas é menos exato afirmar que Sófocles e sua audiência percebessem Héracles como uma figura arcaica, e que devêssemos lê-lo dessa maneira. Certamente não é como os pintores de vasos o percebiam, e pode ser enganoso sugerir que os mitos de Héracles soem mais "conto de fadas" do que, digamos, as lendas de Medeia ou Teseu. Além disso, apesar de haver muitos aspectos óbvios pelos quais Héracles e Dejanira possam ser vistos como estando em polos opostos, todos os temas principais da peça ligam-nos de modo estreito: conhecimento, tempo e também paixão.

Eros, tratado nesta peça com uma perspicácia que rivaliza com a de Eurípides em *Medeia* e no *Hipólito*, é um motivo dominante em toda parte. É expresso de modo memorável no primeiro estásimo, na imagem de Cípris tanto competidora como juíza nos jogos (497-8, 515-16), e ao fim do terceiro estásimo como o silencioso poder, responsável por tudo o que aconteceu (860-1). A decisão de Dejanira de enviar a túnica foi provocada por sua paixão por Héracles, enquanto ele tomou a Ecália porque queria Iole, e a túnica somente estava envenenada porque Nesso se frustrara em sua cobiça por Dejanira. Conforme a peça avança, desenvolve-se uma conexão estreita entre *eros*, loucura, a doença de Héracles, o veneno e a violência das feras. No êxodo, em que a doença de Héracles é apresentada no palco, nos é dada a percepção física de uma ideia apresentada como uma metáfora: nos versos 445-6, Dejanira descreve a paixão por Iole como "este *nosos*". E quando Héracles repetidamente fala do *nosos* como uma fera selvagem (974-5, 979-81, 987, 1.026-30), somos lembrados tanto de seus encontros com Aqueloo e Nesso (9-21, 507-21, 565-8) quanto de sua própria violência (779-82).

Por toda a peça esses temas são apresentados com a característica ironia de Sófocles. O retorno de Héracles deveria ter sido como a chegada de um noivo diante da noiva (205-7), mas ele traz uma nova noiva cuja criança é uma Erínia (893-

5), e embora a peça termine com um casamento — o casamento de Hilo e Iole —, isso é visto por Hilo em termos de extremo horror. O retorno também deveria ter sido celebrado por Héracles com um esplêndido sacrifício, mas eis que se torna um sacrifício no qual o próprio sacrificador é a vítima: Héracles será queimado na pira do monte Eta ao invés de conduzir a hecatombe ao Cabo Ceneu. E o grande herói, que é o "melhor dos homens" para sua esposa, seu filho, o coro (177, 811-12, 1.112-13), torna-se tão forte quanto uma menina: ele chora como uma παρθένος (1.071-2; cf. 1.075), e nós somos lembrados ironicamente das jovens indefesas que aparecem antes na peça: Dejanira aguardando aterrorizada enquanto ele lutava com Aquelóo (21-5, 522-5); Iole e o séquito de cativas (298-302). O filho de Zeus, de quem se espera que receba proteção especial do pai, parece ao fim ser tanto uma vítima de seus desígnios quanto qualquer outro ser humano; e a ironia é afiada pela insistência na relação de pai e filho na cena em que Héracles faz suas derradeiras exigências a Hilo (cf. 1.177-8, 1.203).

Em termos formais e temáticos, as *Traquínias* são assim uma peça intrincadamente unificada; por que ainda apresenta problemas sérios de interpretação? Há duas questões principais: o tratamento de Héracles e o significado da cena final. Aponta-se frequentemente que há uma diferença notável no modo como Dejanira e Héracles são abordados. Ela tem a vantagem de estar no palco por muito mais tempo, e recebe uma grande parte da poesia, o que contribui para a impressão de ser personagem profundamente simpática — nobre, compassiva, recatada — envolvida, ainda mais, em uma situação moralmente interessante: ela toma uma decisão fatal e a vemos encarando as consequências. Como Hilo diz dela, "Errou, com a melhor das intenções" (1.136), uma fórmula perfeita para a heroína trágica. Mas ela é dispensada do fim da peça, e embora a presença de Hilo a mantenha nas mentes da audiência, ela não é "vingada": Héracles não volta atrás em seu desejo de puni-la quando ouve a verdade sobre Nesso. Ele, por contraste, ocupa o palco por apenas trezentos versos, e embora lhe seja dado um tanto de soberba retórica, não tem nada que se compare ao escopo poético de Dejanira, nada que o ponha na mesma classe de Ájax ou Filoctetes. É mostrado como egocêntrico, brutalmente insensível, violento em grau extremo — tudo enfatizado por meio das reações do compreensivo Hilo. Por fim, não está em posição de tomar decisões moralmente interessantes, e não há nada aqui que se compare com a nova profundidade de percepção alcançada pelo Héracles da peça de Eurípides. De todo modo, ele é o "melhor dos homens", o matador de monstros, o filho de Zeus: seu *status* especial deve ser levado em conta, e mesmo se moralmente não é muito diverso do típico herói de Sófocles, é certamente concebido para despertar o interesse profundo da audiência, e até mesmo o seu respeito, quando fala com um novo tipo de autoridade sobre os oráculos e se prepara para suportar, inabalável, os extremos da dor (1.159-73, 1.259-63).

Claramente, portanto, a apresentação de Héracles é ambígua, e interpretação alguma que veja a peça em termos não ambíguos lhe fará justiça: tampouco como uma simples parábola moral na qual o arrogante Héracles é derrubado,[14] nem sequer, nesse ponto, como uma gloriosa vingança do herói resplandecente.[15] Não é o bastante, igualmente, ver a essência da peça no contraste e na oposição entre homem e mulher, o que é a base de muitas interpretações, particularmente daquelas que veem as *Traquínias* como uma tragédia

---

[14] Cf., por exemplo, H. D. F. Kitto, *Poiesis*, Berkeley, University of California Press, 1966, cap. 4.

[15] Uma versão extrema dessa visão é oferecida por Ahmad Etman, "The Problem of Heracles' apotheosis in the *Trachiniae* of Sophocles and in *Hercules Octaeus* of Seneca", Tese de Doutorado (original em grego), Atenas, 1974.

doméstica ou social.[16] É claro que o contraste é importante dramaticamente, mas já observamos que ainda mais importante é a ênfase no que Dejanira e Héracles têm em comum: ambos são vítimas de *eros*, ambos agem, em ignorância, para sua própria destruição. O necessário é uma interpretação que se encarregue de modo completo da estrutura e dos temas da peça, sem perder de vista o papel peculiar assinalado a Héracles.

Na *Ilíada*, XVIII, 117-19, se oferece um comentário a Héracles que pode talvez ser tomado como uma pista para o entendimento das *Traquínias*. "Não, nem mesmo o poderoso Héracles escapou à morte, ele, que era o mais caro ao poderoso Zeus, filho de Cronos; mas o destino e a ira funesta de Hera o subjugaram". E assim Aquiles se instrui a aceitar o próprio destino, utilizando o tradicional argumento *a fortiori*: se mesmo Héracles, o maior dos homens, teve de morrer, por que eu escaparia? O homem enfrentando a própria mortalidade já é um grande tema para tragédia, mas as *Traquínias* não focalizam isoladamente essa questão. Os aspectos complicadores são ambos caracteristicamente humanos: ignorância (o homem nunca sabe o suficiente para produzir juízo correto, e evitar se ferir) e paixão (ele faz coisas que irão ferir a si mesmo e a seus *philoi* sob a influência de forças irracionais como *eros*). Quanto mais admiráveis a sua força e a sua bravura, mais violentos tendem a ser os efeitos dessas forças irracionais. Mas a peça não se resume ao caso extremo. Talvez nem todos tenhamos a capacidade para a grandeza, mas podemos ser bons, ou tentar ser. Oposta a Héracles está a figura de Dejanira, tentando ser *sophron*, sempre atenta à fraqueza e à vulnerabilidade humanas. Mas sua falta de conhecimento, complicada por *eros*, é o bastante para fazê-la

---

[16] Por exemplo, C. M. Bowra, *Sophoclean Tragedy*, Oxford, Oxford University Press, 1944, p. 144; D. Wender, "The Will of Beast: Sexual Imagery in the *Trachiniae*", *Ramus*, vol. 3, 1974, pp. 2-4.

fracassar desastrosamente e sofrer como Héracles. Esse é o padrão de uma *consolatio* (de um tipo bastante antissentimental). Se mesmo essas pessoas se destruíram umas às outras, não deveríamos nos surpreender por achar que a vida é cheia de ilusões e enganos para nós, também. E a tragédia é aprofundada se os "maiores" em nossa empresa humana são também, de modo perturbador, próximos das feras — uma lembrança da natureza precária de toda civilização. (O mesmo padrão pode ser visto no *Édipo Rei*, com o "mais esperto" substituindo os "maiores", e uma concentração mais exclusiva em conhecimento e ignorância).

Há mais significado na história das *Traquínias* além de seu poder de transmitir um sentido de dignidade humana na resistência e de piedade pelas limitações humanas? É a vontade misteriosa de Zeus, nesta peça, essencialmente diferente dos caprichos de, digamos, Afrodite e Ártemis no *Hipólito*? De fato, poucas pistas nos são dadas. Mas a ação da peça responde ao menos em parte à questão do coro no párodo: "Não há quem tenha visto/ Zeus se esquivar da estirpe" (139-40). A causa de tudo o que acontece é claramente traçada: o sofrimento de Héracles na túnica é mostrado como o resultado de seu *eros* por Iole e o *eros* de Dejanira por ele. Dejanira possuía os meios (sem saber) de destruí-lo por causa do ardil do Centauro, que contava com o fato de que ao atingi--lo, Héracles usara uma flecha embebida no veneno da Hidra, outra de suas vítimas monstruosas. Ações têm suas consequências. A denúncia final da *agnomosyne* dos deuses (1.266) por parte de Hilo é assim posta em um contexto irônico: sabemos mais do que Hilo sobre o que houve. Além disso, há o fim; a pira e o casamento com Iole, motivos cujo significado precisamos estudar mais de perto.

O êxodo começa e termina com uma procissão, de que o ponto focal é Héracles carregado numa liteira. Isso é muito diverso do tipo de procissão que fomos encorajados a aguardar anteriormente na peça (por exemplo, 181-6, 640-6).

O retorno triunfal é substituído por uma entrada silenciosa e solene (965-7); Héracles deve já estar morto ou dormindo, exaurido pelas agonias da tortura que tem sofrido na túnica envenenada. Ao fim da peça a procissão ecoa, mas desta vez Héracles está desperto, no controle, vai à sua morte em um lugar especial e em uma cerimônia especialmente prescrita, e demonstra persistência heroica. Há tanto um paralelo quanto um contraste: algo aconteceu no êxodo para alterar o padrão. O que acontece é uma série de revelações. Primeiro, o *nosos* de Héracles se manifesta para a audiência através de seus gritos de agonia (983-1.017) e da exibição de seu corpo castigado (1.076-80); então, o que Hilo lhe diz sobre Dejanira e o filtro precipita a revelação a Héracles do segundo oráculo, que ele pode enfim interpretar, em conjunção com aquele mencionado com tanta frequência na peça (1.158-73; cf. 76-81, 157-70, 821-30). Desse ponto em diante a ação leva a um novo fim, que não foi prenunciado nos eventos anteriores, exceto de maneira oblíqua (cf. 1.191). Como Linforth[17] viu, a lógica da peça não precisa ser estendida além do *nosos* e da suposta morte subsequente de Héracles; a pira no Eta e o casamento de Hilo e Iole não são necessários para a conclusão dessa história. Podemos apenas supor que tiveram alguma importância em si próprios, pela luz que lançam sobre o que está acontecendo com Héracles.

Em 1.174 ss., Héracles solenemente obriga Hilo, por juramento, a fazer o que diz. Hilo e seus ajudantes devem carregar Héracles ao topo do monte Eta, cortar lenha para uma pira e acendê-la com tochas de pinheiro. Haverá um ritual de luto — sem lamentos ou lágrimas. Essa é uma prescrição bastante estranha, que Hilo considera horrível, sobretudo porque ameaça envolvê-lo em profanação. Em 1.211-16

---

[17] Ivan Mortimer Linforth, "The Pyre on Mount Oeta in Sophocles' *Trachiniae*", *University of California Publications in Classical Philology*, vol. 14-7, 1952, pp. 255-67.

Héracles modifica suas instruções de modo a que Hilo possa permanecer puro no sentido ritual: um outro acenderá a pira. Nenhuma explicação é dada para essas instruções, mas Héracles fala com autoridade confiante, e é natural supor que está recordando os comandos de Zeus (cf. 1.149-50).

Pode-se argumentar que o propósito desse episódio é apenas o de sugerir a perversidade caprichosa de Héracles; mas é difícil fugir da conclusão de que para uma audiência ateniense havia mais significado em suas ordens. Sófocles não inventou a história da pira no monte Eta: o mito de que Héracles encontrou seu fim lá deve ter sido corrente como explicação etiológica de um culto estabelecido muito antes da época de Sófocles, no qual fogueiras eram acesas no topo da montanha e se apresentavam oferendas a Héracles. Escavações revelaram estatuetas e inscrições que confirmam a tradição literária.[18] Assim, é mesmo muito provável que a ordem de montar e acender a pira no Eta estaria ligada, para uma audiência contemporânea, a uma instituição e uma história que seriam perfeitamente familiares para ela, assim como os cultos em Trezena e Corinto mencionados por Eurípides ao fim do *Hipólito* e da *Medeia* pertenciam respectivamente à verdadeira vida contemporânea e formavam um elo entre o mundo do drama e o mundo da audiência.

O que não podemos discernir da evidência existente é se, à data da primeira produção de *Traquínias* (seja lá quando tenha sido), a história da morte de Héracles na pira já vinha associada nas mentes das pessoas com a bem conhecida história de sua apoteose. Felizmente, essa não é a questão mais importante a ser respondida. Se nos permitirmos ser

---

[18] Cf. M. P. Nilsson, "Der Flammentod des Herakles auf dem Oite", *Archiv für Religionswissenschaft*, vol. 21, 1922, pp. 310-16 (reimpresso em *Opuscula Selecta I*, Lund, 1951, pp. 348-54); M. Mühl, "Des Herakles Himmelfahrt", *Rheinisches Museum*, vol. 101, 1958, pp. 106-34. Para Héracles e o culto do herói, cf. Charles Fuqua, *art. cit.*, pp. 3-13.

guiados pelo próprio texto notaremos que não é "sobre" a apoteose: a peça se encerra antes da morte de Héracles, e a ênfase da ação recai sobre o sofrimento e a mortalidade, no espírito da passagem da *Ilíada*, XVIII, citada acima. O silêncio da peça a respeito do que estava para acontecer no monte Eta sem dúvida deixava espaço para diversas reações por parte da audiência original, dependendo do tipo de sua piedade ou de sua visão da vida, assim como deixou os críticos modernos em estado de permanente desacordo. Não é possível existir versão autorizada de "o que vem em seguida", porque a construção da peça não o permite. Mas se está certo ver na história da pira do Eta uma alusão irônica a algo familiar em culto e crença contemporâneos, de fora da moldura de referência da peça, então há a sugestão, não importa quão misteriosa e obscura, de que alguma importância deveria ser assinalada ao modo de Héracles morrer, e que isso entraria em um esquema mais amplo de circunstâncias nas quais a vontade de Zeus é misteriosamente atendida. Se isso leva a um fim bom ou mau não fica claro, e o próprio Héracles não dá sinal de entendê-lo. Mas seu comportamento após ter interpretado o oráculo sugere que compreendeu algo, ao menos — o paradoxo, talvez, de que o máximo que um humano pode alcançar (até mesmo o "maior", o próprio filho de Zeus) está de acordo com o enorme abismo que há entre o conhecimento humano e o divino. E mesmo a isso só se chega através de extremo sofrimento.

Em 1.216 ss., Héracles faz seu segundo e "menor" pedido a Hilo: que ele despose Iole. Uma vez mais Hilo fica horrorizado, e uma vez mais seus escrúpulos religiosos são ofendidos, desta vez em face da ideia de se ligar à pessoa que acredita ser a agente da morte de seus pais. É claro que essa cena acrescenta algo à nossa impressão da apaixonada autoestima de Héracles — todas as tentativas de dar às suas palavras uma cor altruísta não foram convincentes —, mas ao mesmo tempo ele fala com a autoridade da história. Hilo e Iole eram os ancestrais dos famosos Heráclidas, que haviam tido uma indubitável realidade histórica para a audiência original,[19] e a ordem de Héracles portanto tem o mesmo tipo de ligação irônica com o mundo de fora da peça que sua referência ao Eta (mas nesse caso sem o problema especial da apoteose para complicar as coisas). Para Hilo, que não sabe o futuro do grande clã que está para fundar, não há nada senão horror no pedido de seu pai. Mas para nós é preciso haver um significado mais complexo, ainda que nossa piedade por ele não seja diminuída por nosso conhecimento do futuro.

A famosa frase de Hilo, Τὰ μὲν οὖν μέλλοντ' οὐδεὶς ἐφ-ορᾷ (1.270), em sua última fala, tem sido tomada frequentemente como uma alusão à apoteose, a despeito do modo negativo com que é formulada. De fato, sua função mais importante é sublinhar o sofrimento presente: o futuro não pode ser conhecido, mas a tragédia de Héracles está diante de nossos olhos.[20] Vale a pena notar, entretanto, que bem ao fim de suas peças Sófocles costuma introduzir uma referência de passagem, de fora da ação, sugerindo, por assim dizer, que *há* um futuro... mas que isso seria o assunto de uma peça diferente. Desse modo, no *Filoctetes* há a alusão a possíveis atrocidades no saque de Troia, no aviso de Herácles a Filoctectes e Neoptólemo para que observem εὐσέβεια (1.440-4); em *Édipo em Colono*, o apelo de Antígone a Teseu pela permissão de retornar a Tebas e reconciliar seus irmãos apartados pela discórdia, abre uma perspectiva que pertence a *Antígone*; em *Electra*, o comentário enigmático de Egisto sobre os males vindouros dos Pelópidas (1.498) sugere direções que a peça poderia ter escolhido tomar. Os momentos finais da

---

[19] Cf. Heródoto, IX, 26; Tucídides, I, 9.

[20] Cf. T. F. Hoey, "Ambiguity in the Exodos of Sophocles' *Trachiniae*", *Arethusa*, vol. 10, 1977, p. 277.

ação são um lugar particularmente apropriado para esse tipo de mecanismo que chama a atenção para a peça *como* peça; o uso de Eurípides do *deus ex machina* é comparável em alguns aspectos.

As Traquínias não é uma peça confortável. Muitos leitores se escandalizaram com a morte de Dejanira, ofendidos com a figura brutal de Héracles dominando o final e desconcertados pelo fato de que não se faz tentativa alguma de decifrar os mistérios da vontade de Zeus. Muito depende da nossa habilidade de compreender como os gregos percebiam seu herói principal, Héracles, e (ainda mais difícil) como conciliavam os dois modelos de humanidade representados por ele e Dejanira. Ambos estão presentes na *Ilíada*; a contribuição distintiva de Sófocles foi estudar suas interconexões com profunda agudeza.

Sobre o tradutor

Trajano Vieira é doutor em Literatura Grega pela Universidade de São Paulo (1993), bolsista da Fundação Guggenheim (2001), com estágio pós-doutoral na Universidade de Chicago (2006) e na École des Hautes Études en Sciences Sociales de Paris (2009-2010), e desde 1989 professor de Língua e Literatura Grega no Instituto de Estudos da Linguagem da Universidade Estadual de Campinas (IEL/Unicamp), onde obteve o título de livre-docente em 2008. Tem orientado trabalhos em diversas áreas dos estudos clássicos, voltados sobretudo para a tradução de textos fundamentais da cultura helênica.

Além de ter colaborado, como organizador, na tradução realizada por Haroldo de Campos da *Ilíada* de Homero (2002), tem se dedicado a verter poeticamente tragédias do repertório grego, como *Prometeu prisioneiro* de Ésquilo e *Ájax* de Sófocles (reunidas, com a *Antígone* de Sófocles traduzida por Guilherme de Almeida, no volume *Três tragédias gregas*, 1997); *As Bacantes* (2003), *Medeia* (2010), *Héracles* (2014), *Hipólito* (2015), *Helena* (2019) e *As Troianas* (2021), de Eurípides; *Édipo Rei* (2001), *Édipo em Colono* (2005), *Filoctetes* (2009), *Antígone* (2009) e *As Traquínias* (2014), de Sófocles; *Agamêmnon* (2007), *Os Persas* (2013) e *Sete contra Tebas* (2018), de Ésquilo, além da *Electra* de Sófocles e a de Eurípides reunidas em um único volume (2009). É também o tradutor de *Xenofanias: releitura de Xenófanes* (2006), *Konstantinos Kaváfis: 60 poemas* (2007), das comédias *Lisístrata*, *Tesmoforiantes* (2011) e *As Rãs* (2014) de Aristófanes, da *Ilíada* (2020) e *Odisseia* (2011) de Homero, da coletânea *Lírica grega, hoje* (2017) e do poema *Alexandra*, de Lícofron (2017). Suas versões do *Agamêmnon* e da *Odisseia* receberam o Prêmio Jabuti de Tradução.

ESTE LIVRO FOI COMPOSTO EM SABON E
CARDO PELA BRACHER & MALTA, COM
CTP E IMPRESSÃO DA EDIÇÕES LOYOLA
EM PAPEL PÓLEN SOFT 80 G/M² DA CIA.
SUZANO DE PAPEL E CELULOSE PARA A
EDITORA 34, EM MARÇO DE 2022.